KB078387

제1장
대혈전의 시작

둥!

한차례 거친 북소리가 매서운 눈보라 속에서 울렸다.

본래는 순백의 정령이어야 할 눈[雪]이 원주족의 거대한 진영 속에선 어둠으로 변했다.

마룩의 화신으로 불리는 대카르 사칸은 마룩의 정념으로부터 얻은 능력으로 원주족 진영을 자신의 강력한 법술로 보호하고 있었는데, 그로 인해 그의 힘이 미치는 곳에선 그 어떤 물체라도 검은빛을 띠는 것 같았다.

둥!

다시 한 번 북소리가 울렸다.

그러자 원주족 전사들이 그 소리에 영혼이 사로잡힌 것처럼 본능적으로 거대한 누대로 시선을 돌렸다.

그러자 검은 눈발 속에 한 노인이 무릎을 꿇고 있는 것이 보였다. 아니, 정확하게는 무릎이 꿇려 있는 것이었다.

보통 사람의 두 배가 넘는 체구를 가진 자가 노인의 머리를 큰 손으로 눌러 누대의 바닥에 짓이기고 있었고, 노인은 어떤 반항도 하지 못하고 있었다.

그 모습에 원주족의 모든 전사가 놀람과 두려움을 느낀 듯 당황한 표정을 지었다.

그도 그럴 것이, 머리를 눌리고 있는 자의 신분이 도저히 그런 모습을 보일 인물이 아니었기 때문이다.

구트족의 카르 모독, 그는 누가 뭐래도 원주족의 무리 속에서 열 손가락 안에 꼽히는 인물이었다.

그런 그가 이런 비참한 모습을 하고 있는 것을 원주족 전사들은 쉽게 받아들일 수 없었다.

둥!

다시 한 번 북소리가 울렸다. 그러자 마치 어둠 속에서 나타나듯 사칸이 누대 위에 모습을 드러냈다.

연이어 사칸의 뒤로 원주족의 카르들이 모습을 드러냈다. 그들의 눈에도 누대 아래의 원주족 전사들처럼 두려움이 서려 있었다.

사칸이 시선을 돌려 지그시 모독을 바라봤다. 그리고 잠시 후 고개를 돌려 자신의 뒤에 서 있는 다른 종족의 카르들을, 그리고 다시 누대 아래 두려운 눈빛으로 자신을 바라보고 있는 원주족 전사들에게 시선을 돌렸다.

그러고는 마치 지옥에서 올라온 마인의 음성과 같이 낮고 음울한 목소리로 말했다.

"내 아들이 죽었다!"

이상한 일이었다. 속삭이듯, 아니면 분노를 억누르듯 말하는 그의 읊조림이 멀리 원주족 진영의 끝에 서 있는 자들에게도 바로 옆에서 말하는 것처럼 명확하게 들렸다.

그의 목소리를 듣는 순간 원주족 전사들이 흠칫했다.

그의 말이 전하는 소식도 놀라운 것이었지만, 그것보다는 그의 목소리 자체가 가지고 있는 그 음울한 살기가 더 큰 충격이었다.

"내 아들과 우구족의 후계자 누벽이 죽었다."

"……."

다시 한 번 두 사람의 죽음을 전한 사칸의 말에도 누구 한 명 앞으로 나서서 이유를 묻는 자가 없었다.

그러자 사칸이 다시 입을 열었다.

"내 아들 사이온과 누벽은 적을 기습하기 위해 지난밤 설산을 넘어 칠왕의 진영으로 갔다. 그리고 계획대로 기습을 감행해 적을 혼란에 빠뜨렸다. 하지만 그 아이들은 돌아올 수 없었다. 이유는 단 하나, 그 아이들의 퇴로를 열어주기로 한 구트족의 카르 모독이 배신을 했기 때문이다."

"끄으으!"

사칸의 말이 끝나는 순간 누대에 머리가 눌린 모독이 신음 같은 소리를 질러댔지만 그는 끝내 자신의 생각을 입 밖으로 내지 못했다.

그런 모독을 보며 사칸이 차갑게 말했다.

"위대한 시대, 이 땅을 지배한 어둠의 마룩께서 정한 율법이 말한다. 배신자에겐 죽음을! 다시 위대한 시대를 만들어갈 나 사칸의 율법 역시 말한다. 배신자에게는 죽음을! 적이 두려워 형제를 버리고 도주한 자는 한 종족의 카르가 될 수 없다. 구트는 새로운 카르를 선택하라. 어제까지 그대들의 카르이던 모독은 오늘 나 대카르 사칸의 율법에 의해 처단된다."

음울한 선언이 끝나자 사칸의 손이 모독의 머리 위로 드리워졌다. 순간 모독의 입과 코에서 검은 기운이 쏟아져 나오기 시작했다.

"끄으으!"

모독의 얼굴이 괴상하게 일그러지기 시작했고, 그의 입에서는 고통스러운 신음이 터져 나왔다.

"독마 두룡의 독공을 얻었다지? 애석한 일이군. 그의 독공은 특별해서 구트족 중에서도 지금껏 완전하게 수련한 자가 없었는데 유일하게 그 무공을 완성한 자를 내 손으로 죽이다니. 하지만 어쩌겠나? 그대가 죽음으로써 원주족은 하나가 될 수 있는데."

온몸의 정기를 빼앗기며 죽어가는 모독을 보며 사칸이 중얼거렸다. 이번만큼은 그의 말을 죽어가는 모독 이외엔 그 누구도 들을 수 없었다.

"크아아!"

사칸의 말을 알아들었을까. 모독이 마지막 반항을 하는 것처럼 격렬한 포효를 터뜨렸다. 그러자 사칸이 말했다.

"맞아. 처음부터 이 모든 것이 계획된 일이었다. 그러나 원망

하지는 말라. 나의 아들까지 희생된 일이니. 아무튼… 너희들의 죽음이 우리 원주족에게 이 땅을 선물할 것이다. 더불어 너의 종족도 그 화려한 영광을 누리게 해줄 것을 약속하지."

사칸이 웅얼거리는 목소리로 모독에게 말하며 손을 들어 침묵의 강 상류 칠왕의 땅을 가리켰다.

그 순간 모독의 몸 전체가 타들어가듯 불꽃을 일으키더니 한순간에 검은 재로 변해 사방으로 흩어졌다.

본래 규율이나 침묵과는 어울리지 않는 원주족들이 침묵에 빠졌다. 세상에는 오직 눈 오는 소리만 들렸다.

사사삭!

속삭이듯 내리는 눈 오는 소리가 천둥처럼 크게 들린다.

원주족 전사들이나 누대에 올라 있는 십여 명의 카르 모두 사칸만 바라볼 뿐 누구도 입을 열지 않았다.

그러자 사칸이 누대 앞으로 걸어 나와 원주족 전사들을 보며 입을 열었다.

"구트족은 안전은 나 사칸이 보장한다. 구트족은 모독의 죄에 대한 벌을 받지 않는다. 그러나 명심하라. 앞으로 다시 누구라도 칠왕과의 싸움에서 등을 보이는 자는 죽는다. 우린 내일 다시 적진을 돌파할 것이다. 그때 나에 대한 너희들의 복종심을 보겠다."

대카르 사칸의 경고에 갑자기 원주족 전사 한 명이 검을 들고 크게 소리쳤다.

"대카르를 위하여!"

사칸의 종족인 드루족의 전사였다.

그러자 기다렸다는 듯이 드루족의 전사들이 대카르를 연호하기 시작했다.

"대카르 사칸! 대카르… 위대한 사칸!"

그러자 다른 원주족 전사들이 전염이라도 된 듯 대카르 사칸의 이름을 외치기 시작했다. 마치 누구든 그 이름을 외치지 않으면 당장 죽임을 당할 것처럼.

두두두!

갑자기 사방에서 나타난 말들이 칠왕의 진영을 향해 질주했다. 마룡협 서안에 넓게 포진한 칠왕의 진영은 각각의 왕국 진영을 이동하는 데도 말이 필요할 정도로 넓었다.

그리고 그중 한 필의 말이 적풍의 십자성 진영으로 달려왔다. 구룡이었다.

구룡은 다른 십자성 무사들과 달리 바쁘게 칠왕의 진영을 오가면서 정세를 살피고 있었다.

"무슨 일이라도 생겼나?"

급하게 산비탈을 올라온 구룡을 보며 이위령이 물었다.

"아무래도 큰 싸움이 일어날 것 같습니다."

"그래? 전선에서 소식이 왔어?"

이위령이 걱정보다는 호기심을 드러내며 물었다.

"성주님 먼저 뵙고요."

"아, 그렇지. 마침 나오시네."

이위령이 적사몽과 함께 막사에서 걸어나오는 적풍을 보며 말했다.

적풍이 나오자 구룡이 재빨리 적풍에게 다가갔다. 어느새 각자의 천막을 벗어난 십자성 무사들이 적풍 곁으로 모여들었다.

"무슨 일인가?"

적풍 대신 소두괴가 구룡에게 물었다.

"원주족들의 움직임이 심상치 않답니다. 수만의 병력이 한 번에 움직이는 듯합니다."

"승부를 보겠다는 건가?"

"그런 것 같습니다."

구룡이 대답했다.

"역시 짐작대로군."

적풍이 혼잣말을 했다.

"역시 그들은 희생양이었군요."

소두괴가 말했다.

"참 냉혹한 자군요. 자신의 아들을 희생양으로 삼다니."

이위령이 혀를 찼다.

그러자 적풍이 구룡에게 물었다.

"다른 소식은?"

"서둘러 칠왕의 회합을 하잡니다."

"그래야겠지."

전면전이 벌어진다면 칠왕 모두가 전선으로 달려가야 한다. 특히 대카르 사칸이 전면에 나선다면 일곱 개의 신검이 반드시 필요할 터였다.

"드디어 제대로 싸워보는 건가?"

이위령이 흥분한 표정으로 중얼거렸다.

"우리에게 어떤 일이 맡겨질지는 아직 모르지."

적풍이 말했다.

"전장으로 가지 않을 수도 있다는 말입니까?"

이위령이 서운한 표정으로 물었다.

"큰 전쟁에선 우리 십자성 형제들의 숫자는 미미한 거지."

"허면 뭘 합니까?"

"그건 두고 봐야겠지. 하지만 난전에 뛰어드는 일은 피하고 싶군."

적풍의 대답에 소두괴가 침착하게 말했다.

"주군의 말씀은 굳이 앞에 나서서 싸우지는 않겠다는 뜻이군요?"

"음."

적풍이 고개를 끄떡였다.

"이유가 뭡니까?"

이위령이 불만스러운 표정으로 물었다.

"우리 숫자 때문이라고 말하지 않았나?"

"물론 숫자가 적어서 대세에 큰 영향을 미치지 못할 수도 있지만 우린 일당백입니다."

이위령이 호기롭게 말했다.

"그러니까 아껴야지."

"예?"

"재주는 많지만 가뜩이나 숫자가 적은 십자성의 형제들이다. 나에겐 보석과도 같은 존재들이다. 한 사람이라도 위험으로부터 아껴야 해. 이런 거대한 전쟁에 잘못 휩쓸리면 싸움에서 승리를 해도 큰 희생이 따를 수 있어. 그런 희생은 우리 십자성에는 치명타지. 다른 왕국과는 사정이 달라. 그러니 나로선 조심할 수밖에 없다."

적풍의 말에 이위령도 더 이상 불만을 말할 수 없었다.

적풍의 말대로 겨우 서른 명의 숫자로 거대한 난전에 휩쓸렸다가 전멸에 가까운 피해를 입을 수도 있었다.

"아무튼 어떤 일이 생길지 모르니 준비는 해야겠지."

다시 적풍이 말했다.

"알겠습니다."

십자성의 무사들이 일제히 대답했다. 그러자 적풍이 구룡을 보며 말했다.

"어디서 모이지?"

"오손의 진영입니다."

"좋아, 가지."

"벌써요?"

"오손의 진영으로 가기 전에 아바르 진영에 잠시 들러야겠어."

"그렇군요. 단 어르신을 만나 뵙는 것이 순서이겠군요."

구룡이 고개를 끄떡였다.

적풍과 단우하가 어깨를 나란히 하고 마룡협의 초원을 걸었다. 뒤에는 구룡이 말을 탄 채 두 사람을 뒤따르고 있었다.

무황이 전선으로 떠난 이후 마룡협의 아바르 전사들은 단우하가 지휘하고 있었다. 무황은 원주족과의 싸움이 시작된 이후 과거의 검은 사자들을 중용했다. 칠왕과의 전쟁 때와는 다른 모습이었다. 그만큼 무황도 마룩의 정념을 깨운 사칸과의 싸움을 걱정하고 있다는 뜻일 터였다.

그래서 전선으로 떠나며 마룡협의 아바르 전사들을 단우하에게 부탁한 것이다.

다른 때 같았으면 이곳까지 따라온 세 명의 황자, 황녀에게 맡길 일이었지만 적황은 마룡협에서는 그 이전보다도 더 세 황자, 황녀를 중용하지 않았다.

세 명의 자식이 간혹 불만을 드러냈으나 적황은 단호하게 세 사람의 불만을 잠재웠다. 그래서 그들은 마룡협에서만큼은 그저 아바르의 성주 중 한 사람으로서 싸울 수밖에 없었다.

"생각보다 칠왕이 황자님을 중요하게 생각하는 것 같습니다."

단우하가 입을 열었다.

"그들이 그렇게 생각하지 않아도 나와 십자성의 무사들은 이 싸움에서 무척 중요한 사람들이오."

적풍이 덤덤하게 대답했다. 농을 한 것은 아니었다. 진심으로 하는 말이었다.

"물론이지요. 하지만 적은 세력으로 인한 무시는 어쩔 수 없을 것이라 생각했습니다. 이런 큰 전쟁에서는. 그런데 사이온을 죽이고 누벽을 사로잡은 일 때문에 칠왕과 그의 전사들이 사황자님의 존재감을 실감하는 것 같습니다. 사실 누벽을 통해 얻어낸 정보들도 무척 중요한 것이지요. 저들의 속사정을 세세하게 알게 되었으니."

"내가 더 놀란 것은 헤루안 왕의 능력이었소."

적풍이 대답했다.

"누벽의 입을 열게 한 일 말이군요."

"그렇소. 난 정령 일족의 영술이 숲이나 강 등 사물에만 영향을 미치는 줄 알았소. 사람에게까지 그 힘이 닿을 줄은 몰랐구려."

"그게 바로 그들의 진실한 무서움이지요. 사실 다른 칠왕들이 정령의 왕을 두려워하는 것도 바로 그 능력 때문입니다."

"그럴 만한 능력이었소."

적풍이 고개를 끄떡였다.

적풍은 진심으로 정령의 왕 공령의 그 신비한 능력, 누벽으로 하여금 자신이 알고 있는 모든 것을 실토하게 만드는 그 능력에 감탄했다.

"하지만 역시 한계가 있지요."

"오직 몇 사람만이 헤루안 밖에서 정령술을 제대로 쓴다는 것 말이오?"

"그렇습니다. 그래서… 솔직히 걱정이 됩니다."

단우하가 어두운 표정으로 말했다.

"그들의 제약을 해결하려는 설루의 행동 말이오?"

"그렇습니다. 만약 그 제약이 없어지면… 정령 일족은 무섭게 성장할 것입니다."

"글쎄… 난 꼭 그렇게 생각하지는 않소."

"그럼 어떻게 생각하십니까?"

"셜루가 그들의 제약을 해결한다고 해도 그들의 타고난 신체적 결함은 극복할 수 없기 때문이오."

"신체적 결함이라 하심은……?"

"아주 특별한 경우가 아니라면 그들은 두 명 이상의 아이를 낳을 수 없다고 하더구려."

"아, 그 문제 말이군요."

단우하가 고개를 끄덕였다.

"정령술을 헤루안 밖에서 쓸 수 있다 해도 그들의 숫자가 워낙 적으니 급격하게 세력을 확장하는 일은 없을 것이오. 물론 지금보다야 존재감이 강해지겠지만."

"그렇게 생각하면 또 그렇군요."

단우하가 적풍의 말에 수긍했다.

"아무튼 난 그들과의 관계를 발전시켜 볼 생각이오."

"정령의 왕은… 믿을 수 있는 사람이지요."

단우하가 말했다. 하지만 표정이 밝지는 않았다.

그는 아마도 적풍이 아바르가 아닌 다른 왕국과 긴밀한 관계를 맺어가는 것이 불만스러운 모양이다. 그러나 적풍은 단우하의 기분 따위는 본래부터 신경 쓰지 않는 사람이었다.

"이 전쟁이 끝나고 나면 칠왕은 다시 권력을 다툴 것이오. 벽루의 맹약이란 것은 공동의 적이 있을 때나 힘을 발휘하는 것이니까. 평화가 찾아오면 그들은 다시 자신들만의 싸움을 하게 될 것이오. 그때 나의 십자성과 식구들이 평온한 삶을 이어가려면 역시 헤루안의 사람들과 인연을 맺는 것이 좋소."

"아바르가 아니고 말입니까?"

단우하가 불만을 입 밖으로 드러냈다.

"그렇소. 사실 나와 아바르의 관계는 어떤 상황이 와도 끊어지지 않소. 혈연으로 이어진 인연이니까. 설혹 내가 아바르와 관계를 끊겠다고 선언해도 그건 마찬가지요. 그래서 당연하게도 다른 칠왕들은 항상 아바르와 십자성을 경계하고 두려워할 거요. 어쩌면 힘을 모아 공격을 할 수도 있지. 두려움을 극복하기 위한 방법으로."

"아바르는 그 공격들을 막아낼 만큼 충분히 강합니다."

단우하가 단호하게 말했다.

"물론 그렇소. 그래서 문제가 되는 거요. 왜냐하면 그들이 일단 공격하겠다고 생각하면 아바르의 본토가 아닌 십자성을 먼저 공격할 것이기 때문이오. 그걸 미연에 방비하려면 어떻게 해야 할 것 같소?"

적풍이 물었다.

그러자 단우하가 그제야 밝은 표정을 지으며 말했다.

"그렇군요. 그래서 헤루안의 정령 일족이 필요하군요."

"맞소. 헤루안과 십자성… 둘은 모두 세력이 작아 이 땅을 지배할 수 없소. 하지만 서로를 의지하면 누구도 우릴 공격할 수도 없을 거요. 이게 최선이오. 결국 아바르를 위해서도 좋을 거요."

"그렇게 된다면 한동안… 적어도 정령 일족과 십자성의 인연이 이어지는 한 이 땅은 안정적이겠군요."

단우하가 다행이라는 듯 말했다.

"물론 아바르가 욕심을 내지 않는다는 전제 하에서 그렇소."

적풍이 경고하듯 말했다.

"그럴 리가 있겠습니까? 신혈족에 대한 위협이 사라지면 아바르는 결코 다른 왕국을 공격하지 않을 겁니다."

"그야 모르는 일 아니겠소? 사람의 일이란 게……."

"우울한 말씀을 하시는군요."

"후후, 그렇긴 하구려. 당장 내일 일도 장담할 수 없는데 먼 훗날의 일까지 걱정할 필요는 없구려. 나답지 않아."

적풍이 겸연쩍은 웃음을 흘렸다.

"이 전장에서의 행보에 대한 독자적인 자유를 얻으셨으니 어찌 움직이시겠습니까?"

단우하가 물었다.

사실 오늘 칠왕의 회합에서 칠왕은 적풍과 십자성이 난전에 합류하지 않고 독자적으로 움직이는 것에 동의했다.

며칠 전 적의 기습을 받은 것에 대한 배려이기도 하고, 또 십자성의 무사들이 소수의 정예이기 때문에 본대에 합류하는 것보다 자유롭게 움직이면서 기회를 보아 전선의 취약한 곳을 보완해 주길 바라기 때문이었다.

적풍 역시 마다할 이유가 없었다.

"산을 타고 이동할 생각이오."

"전선까진 가실 생각이군요?"

"모두 싸우는데 십자성만 안 갈 수 있겠소?"

"그렇긴 하지요."

"일단 전선에 도착하면 전황을 살펴 둘 중 하나를 해볼 생각이오."

"무엇을 말입니까?"

단우하는 이 특별한 황자가 무슨 생각을 하고 있는지 몹시 궁금한 모양이다.

그러자 적풍이 대답했다.

"싸움을 지켜보긴 하겠지만 만약 아바르나 헤루안의 정령 일족이 위험하면 구원할 것이오."

"두 번째 계획은 무엇입니까?"

"두 번째는… 적이 본진을 비운다면 그곳에 가볼까 하오."

"옛?"

단우하가 놀란 눈으로 적풍을 바라봤다.

"왜 그렇게 놀라시오?"

"그건 너무 위험한 일입니다. 저들은 수만 명에 이르는 대병력, 아무리 전면전을 한다 해도 본진에도 수천의 병력이 있을 텐데……."

단우하가 걱정스러운 표정으로 말했다.

"그래도 난전보다는 나을 것이오, 우리에겐."

적풍이 대답했다.

"정말 가시렵니까?"

"흥미로울 것 같지 않소?"

"하지만 그곳까지 가는 것조차 불가능할 겁니다. 수만의 적을 어떻게 뚫고 가시렵니까? 강이나 서쪽 산을 넘어가는 것 역시 저들에게 발견될 가능성이 많습니다. 아니, 분명히 발견될 것이고, 사칸이 정예를 보내 황자님을 상대하려 할 겁니다. 두 개의 신검… 위험을 부르는 물건이지요."

"그에 대해선 나도 생각이 있소."

"……?"

단우하가 눈빛으로 되물었다. 그러자 적풍이 미소를 지으며 대답했다.

"나중에 알게 될 것이오."

일만에 이르는 거대한 전사들이 움직였다.

칠왕은 정확히 삼분지 이의 병력을 전선으로 출발시켰다. 물론 칠왕 자신도 전사들과 함께 전선으로 향했다. 마룡협은 적들을 막기 위한 최고의 요지였지만, 칠왕은 가급적 적이 마룡협까지 진출하는 것을 막고 싶었던 것이다.

적풍과 십자성의 고수들도 출전 준비를 마치고 말에 올라 침묵의 강변을 따라 진군하는 칠왕의 전사들을 바라보고 있었다.

"장관이군요."

구룡이 거대한 전사 행렬을 보며 말했다.

"가고 싶은가?"

적풍이 물었다.

"저들과 함께하고 싶은 생각은 듭니다. 이런 큰 전쟁은… 놓치기 힘든 경험이지요."

"결국은 그렇게 되겠지."

"그럴까요?"

구룡이 되물었다.

그는 적풍이 가급적 이 싸움에서 십자성의 고수들을 아끼고 싶어한다는 것을 알고 있었다. 하지만 일단 싸움이 시작되면 아무리 조심해도 희생자가 나올 수밖에 없다. 그러니 적풍은 함부로 싸움에 뛰어들지 않을 것이다.

"우리가 놀고 있을 만큼 전황이 여유 있지는 않을 거야."

"하긴… 그렇군요."

구룡이 고개를 끄떡였다.

"단지 어떻게 싸울 것인가가 문제인 거지. 난 내가 선택한 방식으로 싸운다. 모두 준비됐나?"

적풍이 그의 뒤에 도열한 십자성 무사들을 보며 물었다.

"예, 성주!"

십자성 무사들이 일제히 대답했다.

"좋아, 설산을 넘어 전선으로 향한다. 이위령!"

"예, 성주!"

이위령이 앞으로 나오며 대답했다.

"뒤에 남아 내가 명한 대로 움직인다."

"예, 성주!"

이위령이 다부진 표정으로 대답했다.

보통 때라면 뒤에 남으라는 말에 불만스러운 태도를 보였을 이위령이 이번만큼은 오히려 단단히 긴장한 표정을 짓고 있었다. 그건 곧 적풍이 그에게 맡긴 일이 무척 중요하단 뜻이다.

"좋아, 모두 출발한다."

적풍의 명이 떨어지자 와한과 파간이 앞으로 나아갔다. 그렇게 십자성 무사들은 한동안 머물고 있던 마룡협 진영을 떠나기 시작했다.

*　　　　*　　　　*

여정은 삼 일 동안 이어졌다.

평지로 갔다면 하루 밤낮이면 끝났을 길이다. 물론 칠왕의 대병력과 같은 속도로 움직였다면 하루 정도는 더 걸릴 수도 있었다. 그러나 적풍의 십자성 무사들은 모두 기마를 하고 일행도 단출해서 침묵의 강을 따라 움직인다면 하루 밤낮이면 충분한 거리였다.

그러나 험준한 산을 타고 눈 덮인 설봉을 넘는 일은 말과 사람에게 모두 어려운 일이었다. 이런 길을 가려면 가장 중요한 것이 충분한 휴식이다. 그래서 적풍은 일행의 여정을 서두르지 않았다.

그는 마치 설산을 유람하는 사람처럼 여유있게 전진했고, 과하다 싶을 정도의 휴식을 십자성 무사들에게 부여했다.

그 느린 진군이 몇몇 사람에게는 의아하게 생각되었지만, 대부분의 십자성 무사들은 본래 적풍이 마룡협 북쪽 강에서 벌어질 대회전에는 큰 관심을 두고 있지 않은 것을 알고 있었기에 느린 여정을 자연스럽게 받아들였다.

그렇게 삼 일 동안 여행하듯 설봉을 넘은 적풍의 일행 앞에 드디어 거대한 전쟁터가 보이기 시작했다.

마치 어둠과 빛이 힘을 겨루는 듯한 전장의 모습, 강 북쪽에서는 검은 연기가 치솟고 있고 그 어둠 속에서 괴물처럼 원주족 전사들이 움직이고 있었다.

수백 대의 투석기가 줄지어 강변에 늘어서 있고, 거대한 활을 든 자들이 그 투석기 뒤에 정렬하고 있었다.

그리고 그 뒤에서 말이나 기이한 짐승들을 타고 있는 원주족 전사들이 강의 남쪽, 절제된 형태로 진형을 유지하고 있는 칠왕의 전사들을 향해 언제라도 진격할 준비를 하고 있었다.

그리고 강이라고 부르기에도 민망한 그 작은 물줄기는 이미 붉게 물들어 있었다.

미처 수습하지 못한 수많은 시신과 그 시신들로부터 흘렀을 붉은 피가 설산 중턱에 서 있는 십자성 무사들에게까지 보일 정도였다.

꺾인 창과 찢어진 깃발은 전장의 참혹함에 공허함을 더해주고 있었다.

"벌써 한차례 혈풍이 지나간 것 같습니다."

소두괴가 입을 열었다.

"음……."

"칠왕의 진영이 제대로 유지된 걸 보니 저들의 공격을 잘 막아낸 것 같습니다. 전장의 시신도 원주족이 훨씬 많군요."

"하지만 이제 시작일 뿐이지. 원주족의 사기가 꺾이지 않은 것 같아."

"그렇군요. 어떻게 할까요?"

소두괴가 적풍을 보며 물었다. 그러자 적풍이 잠시 주변을 살피다가 설산에서 발원한 작은 강이 산비탈을 타고 제대로 된 물줄기를 형성하는 지점을 가리켰다.

"저곳이 좋겠군."

"숲이군요."

"적의 눈을 피해 움직이기 좋은 곳이야. 시야만 확보하면."

"그야 어려운 일이 아니지요. 하지만 칠왕의 진영과 조금 멀군요. 북쪽으로 치우친 듯도 하고."

"목에 걸린 가시처럼 신경 쓰이겠지."

적풍이 말했다. 그의 말처럼 적풍이 지목한 숲은 칠왕의 진영보다도 더 북쪽에 있어서 원주족의 측면을 공격하기 좋은 장소로 보였다.

"저들이 먼저 공격해 오지 않을까요?"

"거리가 있으니까 쉽지는 않을 거야. 설혹 온다 해도 걱정할건 없지. 대군을 몰아올 수는 없을 테니까."

"하긴 준비를 해두면 걱정할 일은 아니지요."

"가지."

적풍의 말에 소두괴가 십자성의 무사들을 보며 소리쳤다.

"북쪽 숲으로 간다! 그곳에 진영을 구축한다!"

소두괴의 외침에 십자성의 전사들이 말머리를 돌려 산중턱의 북쪽 숲으로 향하기 시작했다.

*   *   *

원주족의 공격이 새벽 무렵 시작되었다. 하지만 그렇다고 기습이라고 보기는 어려웠다.

칠왕은 전사들의 삼분지 일은 잠을 재우지 않았다. 나머지 동료들이 잠을 자고 휴식을 취하는 동안 칠왕의 전사 중 삼분지 일은 철통같이 진영의 외곽을 지키고 있었다.

그래서 새벽과 함께 시작된 적의 공격을 칠왕의 전사들은 담담한 태도로 맞이하고 있었다.

둥둥둥둥!

요란하게 울리는 북소리만이 새로운 혈전이 시작되었음을 세상에 알렸다.

잠들어 있던 칠왕의 전사들이 마치 기다렸다는 듯이 일어나 분주히 갑옷을 걸치고 말에 오르거나 혹은 두 발로 강변으로 뛰어갔다.

쿵쿵쿵!

시작은 언제나 그렇듯 투석기에 의한 석포 공격이다. 어린아이 머리통만 한 돌덩어리들이 수백 장을 날아 칠왕의 진영에 떨어졌다.

그러나 이런 석포의 공격에는 이제 너무 익숙해져 있는 칠왕의 전사들이다.

그들은 허공을 가르고 날아오는 석포를 두 눈으로 보면서 피할 정도로 여유를 갖고 있었다.

물론 그 뒤를 이어 날아오는 화살 공격은 조금 달랐다. 화살의 속도는 석포에 비할 바가 아니었고, 잿빛 새벽하늘에 숨어들었다가 떨어졌기에 방패로 방비를 한다 해도 곳곳에서 사상자가 나오기 시작했다.

그러자 칠왕의 진영에서도 반격이 시작됐다.

강변에 도열한 칠왕의 전사들 중 수천의 궁수들이 동료들의 방패 뒤에서 적진을 향해 화살을 날리기 시작한 것이다.

쐐애액!

마치 메뚜기 떼가 날아가는 듯한 소리가 일어나며 수천 대의 화살이 허공을 갈랐다. 그리고 허공에서 거대한 화살의 구름들이 교차했다. 수없이 많은 화살이 상대의 화살에 맞아 떨어졌으나 그 구름을 비집고 나간 화살들은 여지없이 적진에 떨어졌다.

퍼퍼퍽!

묵직하게 꽂혀드는 화살에 칠왕의 전사들과 원주족 모두가 적지 않은 피해를 입었다.

그나마 칠왕의 전사들은 잘 짜인 진형으로 인해 원주족에 비해 손실이 적었지만 그래도 쓰러지는 자들의 숫자가 그리 적지는 않았다.

그렇게 몇 차례 석포와 화살을 쏟아부은 원주족들이 다시금 기병을 앞세워 칠왕의 진영을 향해 돌격하기 시작했다.

쿠오오오!

한겨울 마른 강변을 달리는 말발굽을 따라 검은 구름이 일어났다. 이미 수차례 격전을 벌인 칠왕의 전사들에게는 익숙한 구름이었다.

"창수(槍手) 앞으로!"

칠왕의 진영에서 고함이 터져 나오자 칠왕의 전사 중 창을 든 자들이 궁수들과 자리를 바꿔 앞으로 나섰다.

뒤로 물러난 전사들은 일정한 간격을 두고 물러난 후 재차 화살을 날려 달려오는 원주족을 공격했다.

쿠쿠쿵!

곳곳에서 화살에 맞은 말과 사람이 땅에 나뒹굴었다. 그러나 원주족 기병들은 쓰러진 동료들을 밟으면서 계속 전진했다.

급기야 그들의 선두가 강에 도달해 거침없이 강을 건너기 시작했다.

순간 방패를 든 전사들 뒤에 무릎을 꿇고 도열해 있던 창수들이 일제히 긴 창을 다가오는 적을 향해 세웠다.

"크아악!"

불쑥 나타난 창에 돌격하던 원주족 기병들이 말과 함께 창에 찔려 비명을 지르며 쓰러져 갔다.

그 충격으로 인해 원주족의 돌격이 잠시 멈추는가 싶더니 그들의 뒤쪽에서 검은 기운을 가진 자들이 닥쳐들며 소리쳤다,

"두려워 말라! 대카르 사칸 님이 함께하고 있다!"

원주족을 이끌고 있는 각 종족의 카르들이 어느새 전선까지 달려와 있었다.

그들 곁에는 드루족의 술사들이 검은 기운을 일으켜 각각의 카르들을 보호하고 있었는데, 그 때문에 그들을 향해 날아드는 화살들이 법술의 힘을 뚫지 못하고 맥없이 땅으로 추락하고 있었다.

"우구족은 전진하라! 누벽의 원한을 갚는다!"

원주족의 카르 중에서 우구족의 카르 누신이 앞으로 달려 나오며 소리쳤다. 그러자 원주족 중에서 가장 뛰어난 무력을 지니고 있다고 알려진 우구족의 전사들이 일제히 칠왕의 전사들을 공격하기 시작했다.

"좋아, 모두 죽여주마!"

우구족이 돌진하자 칠왕국 중 가장 호전적인 성정을 지닌 천인총의 전사들이 살기를 뿜어내며 우구족 전사들을 상대하기 시작했다.

이 두 집단은 그야말로 양쪽 진영에서 가장 살기가 강한 자들로서 일단 격돌하기 시작하자 마치 백병전을 위해 태어난 자들처럼 무섭고 처절하게 싸우기 시작했다.

그러자 순식간에 싸움이 양상이 변했다.

이젠 석포나 화살, 혹은 장창 같은 것은 더 이상 필요하지 않았다. 그 대신 양쪽 전사들의 손에는 검과 도끼와 같은 단병기가 들렸다.

단병기를 든 전사들의 거리가 급격하게 좁혀지고 수천이 전사들이 뒤엉키는 난전이 벌어졌다.

그러자 다시 어제처럼 작은 강이 핏빛으로 물들어갔다.

"정말 처절하군요."

적사몽이 눈살을 찌푸렸다. 어린 시절 죽음을 넘나드는 고난을 겪은 적사몽이지만 수천의 전사들이 뿜어내는 살기와 그들이 흘리는 피, 그리고 악마의 울부짖음 같은 고함은 견디기 어려운 모양이다.

"일단 싸움이 시작되면 인간은 더 이상 인간이 아니지. 그저 짐승일 뿐이야."

소두괴가 우울한 표정으로 충고했다.

"그래야만 살아남을 수 있기도 하지요."

곁에서 구룡이 거들었다.

그러자 적사몽이 고개를 끄떡이며 말했다.

"두려운 건 아니에요."

"아, 물론 사몽 네 심장이 약하다고 하는 말은 아니다. 네가 사자의 심장을 지닌 것은 이미 확인했으니까."

구룡이 말했다.

"알고 있어요. 형님이 절 걱정해서 하신 말씀이라는 걸요."

"그럼그럼. 너야말로 우리 십자성의 미래인걸."

구룡이 말했다.

그때 문득 적풍이 입을 열었다.

"아직인가?"

질문을 받은 사람은 유리사였다.

"그렇습니다."

유리사가 대답했다.

적화우 밑에서 살수로 키워진 그녀와 그녀의 동료들은 살법을 수련하며 전서구를 다루는 법을 배웠기에 십자성에서도 먼 곳의 소식을 전하고 받는 일을 맡고 있었다.

아마도 적풍은 그녀에게 전해질 소식을 기다리고 있는 모양이다.

"늦는군."

적풍의 표정이 어두워졌다.

그런데 그때였다. 문득 아침 하늘 위에 새 한 마리가 나타났다.

새는 전장과 어울리지 않게 순백색의 비둘기였는데, 잠시 하늘에 머무는 듯하다가 이내 적풍 등 십자성 무사들이 있는 숲으로 날아 내렸다.

구우!

길게 울며 숲으로 내려온 새를 맞은 것은 유리사의 팔이었다.

"늦었구나, 어서 와라."

유리사는 마치 사람을 대하듯 전서구를 대했다. 어린 소녀처럼 순박해 보이는 유리사이다. 이럴 때면 그녀가 처절한 살수의 수련을 거친 사람이라는 것을 믿기 힘들었다.

유리사가 능숙하게 전서구의 발목에 매달린 전서를 끌러냈다. 그러고는 펼쳐 읽지도 않고 그대로 적풍에게 전했다.

유리사에게서 전서를 받아 든 적풍이 능숙하게 전서를 펼쳤다. 그러자 소두괴가 물었다.

"어떻습니까?"

"온다는군."

"그들은?"

"함께 온다."

"다행입니다."

소두괴의 얼굴에 웃음이 깃들었다.

"후후, 지옥으로 가는 길을 뚫으러 온다는데 그게 기쁜가?"

적풍이 웃으며 되물었다.

"지옥이든 천국이든 싸움꾼은 싸움터에 있어야지요."

소두괴가 대답했다.

"그래, 이번 싸움은 우리도 물러나 있을 수만은 없는 싸움이지."

적풍이 고개를 돌려 피로 물들어가는 전장을 바라보며 말했다.

제2장
길을 내다

원주족은 다시 한 번 후퇴했다. 피로 물든 강물이 어둠에 잠길 무렵이다.

하루 동안의 싸움에서 양쪽 모두 수천의 사상자가 발생했다. 물론 피해로 보자면 원주족의 피해가 두 배에 이르렀다.

공격하는 자들과 방어하는 쪽의 차이도 있으려니와 전사들의 목숨을 중요치 않게 생각하는 원주족 카르들의 무리한 공격으로 인한 결과이기도 했다.

그러나 적의 공격을 막아낸 칠왕의 전사들도 승리감에 취할 수는 없었다. 승리라고 말하기에는 그들이 입은 피해도 만만치 않았던 것이다.

일천에 육박하는 전사자는 그들이 지금껏 경험하지 못한 결과였다. 그러니 적을 물리쳤다고 해도 그들의 심정은 비통했다.

그들은 말없이 죽은 동료의 시신을 수습하고 병기를 끌어모으며 수뇌들의 지시에 따라 전열을 재정비했다.

칠왕 자신들도 온몸이 피에 젖어 있었다. 칠왕의 전사들이 숫자의 불리함에도 불구하고 어김없이 원주족을 퇴각시킬 수 있던 것은 결국 칠왕의 존재 때문이었다.

칠왕의 신검이 발휘하는 놀라운 위력은 원주족들이 감히 범접할 수 없는 것이어서 칠왕들의 검에 죽어간 원주족의 숫자가 수백에 이를 정도였다.

그런 칠왕이 전선의 요지를 지키고 있는 한, 원주족이 강을 건너 마룡협까지 진격하는 것은 거의 불가능해 보였다.

하지만 그렇다고 칠왕이 전사들을 이끌고 강은 넘어 원주족을 공격할 수는 없었다. 여전히 원주족의 숫자가 두 배 이상이었고, 특히 아직 마룡의 정념을 얻었다는 대카르 사칸이 전장에 직접 모습을 드러내지 않았기 때문이다.

대카르 사칸이 마룡의 정념으로부터 어느 정도의 힘을 얻었는지 모르는 상태에서 적극적인 공격에 나서는 것은 너무 위험한 선택이었다.

우울한 밤이었다.

승리의 기쁨을 노래하는 노래 한 자락 흘러나오지 않았다. 칠왕의 전사들은 그 침묵 속에서 고단한 하루를 끝내고 서둘러 잠자리에 들었다.

물론 평소처럼 삼분지 일의 전사들은 강변에 도열한 채 적의 기습에 대비하고 있었다.

*   *   *

칠왕의 전사들이 우울한 승리의 밤을 보내고 있을 무렵, 서북쪽 숲에 자리 잡은 십자성의 진영은 제법 활기를 띠고 있었다.

그렇다고 횃불을 크게 피우거나 웃고 떠드는 것은 아니었다. 그들도 강변의 칠왕 진영처럼 침묵 속에 있었다. 다만 다른 것은 그 침묵 속에서 분주히 움직이고 있다는 것이다.

그리고 더 특별한 것은 어둠을 타고 수백의 사람들이 십자성의 진영으로 들어왔다는 것이다.

"어서 오시오, 수고하셨소."

적풍이 이위령을 앞세우고 일백여 명의 외인을 데려온 노인 타르두를 숲의 경계에서 마중했다.

"너무 늦어 죄송합니다."

타르두가 적풍에게 공손하게 머리를 숙여 보였다.

"아니오. 사람들을 데려온 것만으로도 큰일을 하신 것이오. 더군다나 그들의 능력이라면 그리 늦지도 않은 일이고."

적풍이 고개를 돌려 보통 사람들의 어깨 아래에 오는 작은 키의 사람들을 보며 말했다.

그러자 타르두가 그중 한 명에게 말을 건넸다.

"뭉가 카르께선 성주께 인사드리시오."

그러자 키가 작은 자들 중에서 단단한 근육을 지닌 중년의 사내가 망치와 곡괭이의 중간쯤 되는 무기를 들고 앞으로 나왔다.

"토호족의 몽가라 하오. 약속을 지키리라 믿소."

키 작은 사내의 얼굴에는 적풍에 대한 일말의 불신이 떠올라 있었다. 하지만 적풍은 그의 의심을 크게 개의치 않았다.

"걱정 마시오. 적어도 내 입에서 나온 말은 지키는 사람이니까."

"성주만의 문제가 아니라 다른 칠왕도 지켜야 하는 약속이니 하는 말이오."

몽가라 불린 사내가 퉁명스레 말했다.

"그들의 속마음이야 내가 어떻게 장담하겠소. 하지만 이건 약속하오. 만약 그들이 이번에 그대들과 한 약속을 지키지 않는다면 나와 십자성은 그대들을 위해 싸울 것이오."

"우릴 위해 칠왕과 싸우겠단 말이오?"

몽가가 좀 더 강한 불신의 빛을 보이며 물었다. 하지만 적풍의 대답은 망설임이 없었다.

"그렇소."

너무 쉽게 대답하는 것이 외려 못 미더운지 몽가가 여전히 불안한 표정으로 적풍을 응시했다.

"몽가 카르, 외람되지만 성주님의 약속은 나 타르두가 보증하오."

타르두의 말에 토호족의 카르 몽가가 가볍게 한숨을 내쉬며 말했다.

"후우, 애초에 이곳에 온 것도 타르두 님의 권유에 의한 것이니 이제 와서 일을 하지 않겠다는 것은 아니오. 하지만 과연 우리의 운명이 우리가 원하는 대로 될지는 모르겠구려."

"그렇게 될 것이오."

타르두가 확신에 찬 표정으로 말했다. 토호족의 카르 몽가는 그런 타르두를 이상한 듯 바라봤다.

"나도 못 믿겠소?"

타르두가 물었다.

"아니, 아니오. 칠왕의 땅에 남은 원주족 중 바람의 타르두 님을 믿지 못하는 사람이 누가 있겠소. 하지만 일이 그렇게 수월하게 진행될지 걱정이 되는 것은 사실이오."

"그렇다고 이제 와서 저들에게 갈 수는 없는 일 아니오?"

타르두가 손을 들어 멀리 강 북변에 보이는 원주족 진영을 가리켰다.

"그야 물론이오. 대카르 사칸의 초대를 이미 여러 번 어겼으니 설혹 지금 그를 찾아간다 해도 그는 결코 우릴 용서하지 않을 것이오. 죽으나 사나 이젠 그들과 싸워야지."

"애초에 우리와는 맞지 않는 자들이오." ·

타르두가 싸늘하게 말했다.

"그렇긴 하지. 우릴 노예 취급하는 것은 칠왕보다도 더한 자들이니까. 에이, 앞일을 걱정해서 뭐 하겠소. 그래, 일은 언제 시작하면 되오?"

몽가가 적풍에게 물었다.

"지금 당장 시작할 수 있소?"

"음, 전황이 급한 모양이구려?"

"며칠 안에 이 전쟁의 끝을 보게 될 수도 있소."

"그렇다면 서둘러야겠구려. 지도를 보고 싶소."

일단 마음을 정하고 나자 몽가가 적극성을 보였다. 그러자 적풍이 소두괴에게 고개를 끄떡였다.

적풍의 지시를 받은 소두괴가 길게 말린 양피지를 가져와 적풍과 몽가 앞에 펼쳤다. 그 옆에서 십자성의 무사 한 명이 기다렸다는 듯이 불을 밝혔다.

몽가는 불빛 아래 드러난 지도를 유심히 살폈다. 그러다가 지도에서 그들이 있는 숲 북쪽 끝을 가리더니 손으로 길게 선을 그렸다.

"이렇게 가야겠소."

"하지만 그건 돌아가는 길이 아니오?"

타르두가 의아한 표정으로 물었다. 길에 관한 한 타르두를 따를 자가 없다.

"맞소. 하지만 타르두 님이 본 것은 땅 위의 길이고 우리가 뚫어야 하는 길은 땅속의 길이오. 땅속의 길로 보자면 이렇게 움직이는 것이 좋소."

몽가가 다시 처음처럼 손가락으로 선을 그렸다.

"왜 그렇소?"

타르두가 모두를 대신해 물었다.

"일단 직선으로 움직이는 것은 강줄기를 따라 내려가야 하므로 땅속에 감당하지 못할 만큼 많은 지하수가 있을 수 있소. 그럼 단시간에 길을 낼 수 없소. 지하수가 흐르는 땅을 파려면 여러 가지 준비할 것이 많기 때문이오."

"그럼 이 능선 아래로 가는 것은 왜 안 되오?"

타르두가 다시 새로운 선을 지도 위에 그리며 물었다. 처음 몽가가 그린 선보다 훨씬 원주족 본진에 가까운 선이다.

"중간에 암석지대가 있소."

"땅속에 말이오?"

"그렇소."

"그걸 어떻게 지도만 보고 아시오?"

"평생 땅만 파며 살다 보면 지형만 보고도 땅속 사정을 물속 들여다보듯 알 수 있소. 그것이 우리 토호족의 힘이고 말이오."

"하긴 그렇구려."

타르두가 고개를 끄떡였다.

그러자 몽가가 적풍을 보며 말했다.

"말씀하신 대로 지금부터 시작하겠소."

"휴식도 취하지 못하고 일을 시작하게 해서 미안하오."

"괜찮소이다. 본래 우린 형제들을 셋으로 나눠 밤낮없이 땅을 파는 방식에 익숙하오. 보자. 이쯤의 나무들을 소리 없이 베어내 주시오."

몽가가 지도에서 숲의 북쪽 끝을 가리키며 말했다.

"알겠소."

적풍이 대답하자 몽가가 자신이 데리고 온 일백이 넘는 토호족 사람들을 보며 말했다.

"모두 들었지? 오늘부터 땅속으로 길을 낸다. 중요한 일이기도 하고 위험한 일이기도 하니 손을 빨리 쓰면서도 신중해야 한다. 알겠나?"

"예, 카르."

작은 키에 어울리지 않는 무거운 음성으로 토호족 사람들이 대답했다.

"사람의 운명이란 한 치 앞도 알 수 없다. 하지만 또한 인생은 패를 걸어야 할 때는 걸어야 하는 도박이지. 그리고 일단 패를 선택한 이후에는 후회를 두지 말아야 한다. 모두 최선을 다하자."

"알겠습니다, 카르!"

토호족 사람들의 얼굴에 운명에 도전하는 자들의 강한 의지가 보인다.

"시작합시다."

토호족에게 당부를 한 몽가가 적풍과 타르두를 보며 말했다.

서걱!

스르륵!

아름드리나무가 미끄러지듯 넘어졌다. 하지만 큰 소리는 나지 않았다. 나무를 베기 전 나무기둥 중턱에 매놓은 굵은 밧줄을 십자성의 무사 셋이서 당기고 있었기 때문이다.

검을 들어 나무를 베는 일은 구룡의 몫이었다. 구룡은 불의 검으로 나무들을 베어 넘겼는데, 신검의 위력은 놀라워서 어떤 톱이나 도끼 못지않게 쉽게 아름드리나무를 베어 넘겼다.

그런 구룡의 모습은 토호족들이 두려움을 느낄 정도였다. 구룡은 그렇게 십여 그루의 나무를 소리 없이 베어 넘겼다.

"됐소?"

나무들이 베어져 나간 자리에 공터가 생기자 구룡이 몽가에게 물었다. 그러자 몽가가 대답했다.

"이 정도면 충분하오."

"달리 준비해 줄 것이 있소?"

구룡이 다시 물었다.

"그저 물과 식량이나 끊이지 않게 해주시오."

"알겠소. 그건 걱정 마시오."

구룡이 대답하고는 뒤로 물러났다. 그러자 몽가가 자신의 뒤에 서 있는 토호족 사람들을 보며 말했다.

"시작해 볼까? 아래쪽으로 파고 내려가는 것이니 그래도 수월하겠군."

"예, 카르."

토호족 사람들이 나직하게 대답하고는 각자 연장을 들고 베인 숲의 공터를 향해 다가가기 시작했다.

"될까요?"

토호족이 땅속 길을 내기 시작한 그 밤, 십자성 무사들은 누구도 잠에 들지 못했다.

그리고 그들 중 대부분은 적사몽처럼 토호족의 일에 의구심을 가지고 있었다.

"믿어봐야지 않겠느냐."

적풍이 대답했다.

"적의 본진까지는 거의 오 마르에 가까운 거린데요?"

"타르두 노인의 말에 의하면 그들은 하루에 일 마르의 굴을 뚫는다고 했다. 그런데 이번에는 세 무리로 나눠 밤낮없이 길을 낼 테니 삼 일이면 족하다고 하더구나."

"삼 일… 만약 정말이라면 정말 놀라운 사람들이에요. 난 그저 오손의 땅에서 도람석 도굴이나 하는 사람들인 줄 알았는데."

사막 쿰에서 아바르로 여행 동안 적풍과 적사몽은 세 어머니의 호수에서 오손 왕국이 자랑하는 도람석을 채굴해 타림성의 상인들에게 넘기던 토호족을 처음 보았다.

그때는 그저 서슬 퍼런 칠왕을 피해 숨어사는 도굴꾼으로만 생각했는데, 지금 보니 그저 단순한 도굴꾼이 아닌 토호족이었다.

"석림의 왕국과는 상극이라지 않더냐. 석림의 성벽을 무력화시킬 수 있는 유일한 종족이라 하더구나."

"후우, 그래서 많이 당했다죠?"

"그렇다고 하더구나."

"나중에라도 괜찮을까요?"

"이번 일의 결과에 따라 달라지겠지."

적풍이 대답했다.

그 밤 적풍과 십자성의 무사들은 그렇게 땅속으로 길을 뚫기 시작한 토호족과 함께 밤을 새웠다.

*   *   *

전장은 이틀 동안 침묵했다.

원주족은 더 이상 공격해 오지 않았다. 아무리 야만스럽고 거친 자들이라고 해도 그동안 전투에서 입은 손해를 쉽게 극복할 수 없는 듯 보였다.

그도 그럴 것이, 지난 몇 번의 전투에서 죽은 원주족의 숫자가 수천에 달했다. 비록 그들이 수만의 대병력을 가지고 있다 해도 수천의 전사자를 낸 이상 공격을 위해선 새롭게 전의를 다질 시간이 필요했다.

그사이 칠왕은 더욱 공고한 방어막을 구축했다. 특히 석림의 왕의 지휘에 따라 세워지는 방책은 마치 단단한 성벽과 같아서 이젠 적들의 기병이 도저히 뛰어넘을 수 없을 만큼 단단하게 변해 있었다.

그리고 사람들이 모르는 또 다른 중요한 변화들이 있었다. 그것은 적풍과도 밀접하게 연관된 일이었는데, 헤루안 땅에 머물고 있던 금화가 설루의 명으로 급하게 적풍을 찾아온 것으로부터 시작되었다.

금화는 토호족의 사람들이 파낸 흙이 숲에 새로운 지면을 만들 만큼 많아졌을 때 적풍의 진영에 도착했다.

그리고 적풍에게 설루가 준 몇 개의 주머니를 전했는데 적풍은 그 주머니를 받자마자 헤루안의 전사들이 진을 치고 있는 곳으로 향했다.

적풍의 뜻밖의 방문을 받은 정령의 왕 공령은 의문을 가지면서도 적풍을 정중하게 맞아들였다.

적풍은 그런 공령에게 독대를 청했고, 공령은 의문스러운 표정을 지으면서도 수하들을 물리고 그의 천막에서 적풍과 마주했다.

"그게 정말이시오?"

적풍과 독대를 한 지 채 일각이 지나지 않아 공령이 자리를 박차고 일어났다.

그러나 그 행동은 적풍에 대한 적의나 반감 때문이 아니었다.

"일단 그렇게 들었소."

"아, 정말 대단하신 분이오. 설 부인께서는."

공령이 감격한 표정으로 말했다.

"하지만 아직 결과를 확인한 것은 아니니 너무 흥분하지는 마시구려."

"음, 알겠소. 내가 너무 경망스레 굴었구려."

공령이 미소를 지으며 다시 자리에 앉았다.

그러자 적풍이 품속에서 두 개의 주머니를 꺼내 공령에게 전하며 말했다.

"하나에 오십 개씩 모두 일백 개의 환단이오. 안사람의 말을 그대로 전하자면 그곳에서 헤루안의 사람들에게 약간의 시험을 해보기는 했으나 헤루안을 벗어나서는 그 효과를 확인하지 못했다고 했소. 그러기에는 이곳 전장의 상황이 너무 급박하니 왕께서 직접 이 환단들의 효능을 확인하라고 하더구려."

"음, 알겠소. 지금 즉시 확인해 봅시다. 수룡!"

공령이 급히 누군가를 불렀다.

그러자 은색의 수염을 아름답게 기른 노인이 천막 안으로 들어왔다. 노인의 이름은 공수룡, 공령의 두 동생 중 한 명으로 구천령사에 속해 있는 인물이다.

"무슨 일입니까, 형님?"

"가서 상인을 데려오게."

"상인을요? 대체 무슨 일이기에 전선에 나가 있는 상인을……?"

"일단 데려오게. 이유는 나중에 말하지."

"알겠습니다."

공령이 워낙 재촉하므로 공수룡이 대답하고는 황급하게 공령의 천막을 벗어났다.

"그럼 난 이만 돌아가 보겠소."

공수룡이 천막을 나가자 적풍도 자리에서 일어났다. 그러자 공령이 급히 적풍을 만류했다.

"무슨 말씀을! 이렇게 가실 수는 없지요. 술이나 차라도 한 잔 하십시다. 물론 부인께서 만드신 약의 효능도 확인해 주시고 말이외다."

"음, 내 눈으로 확인할 필요가 있겠소?"

"그래도 설 부인께서 노력한 일인데 결과를 보시는 게 좋지 않겠소이까?"

공령의 말에 적풍이 잠시 생각에 잠겼다가 다시 자리에 앉으며 말했다.

"알겠소, 그럼 그럽시다."

"하하하, 고맙소이다. 사실 그간 몇 번 숲으로 성주를 만나러 가고 싶었지만 전황이 다급해서 갈 수 없었소이다. 오늘 기회가 되었으니 잠시 담소라도 나눕시다."

"그것도 나쁘지는 않구려."

적풍은 덤덤하게 대답했다.

그러자 공령이 나직한 목소리로 말했다.

"기회가 되었으니 한 가지 묻고 싶은 게 있소이다."

"무엇이오?"

적풍이 묻자 공령이 좀 더 목소리를 낮추며 되물었다.

"대체 숲에서 무슨 일을 하고 계신 거요?"

"전황을 살피는 것이지 달리 할 일이 있겠소?"

적풍의 말에 공령이 빙그레 미소를 지으며 말했다.

"그게 전부가 아니란 걸 알고 있소. 다른 사람은 모르겠지만 내 눈을 피할 수는 없소. 난 그사이 성주께서 계시는 숲의 변화를 읽었소. 내가 정령의 왕이라 불리는 이유가 있지 않겠소?"

"그래서 어떤 변화를 읽으셨소?"

적풍이 물었다.

"숲의 기운이 변한 것이야 십자성 무사들이 진영을 재구축하기 위한 것일 수도 있지만, 어제오늘 숲에서 내려오는 강물의 색이 변했더구려. 미세하지만 흙의 기운이 다분히 섞여 있었소. 그건 곧 숲에서 특별한 일이 벌어지고 있다는 뜻일 거요."

공령의 말에 적풍은 내심 이 정령의 술사들이라는 헤루안 종족에 대해 감탄했다.

적풍과 토호족은 적진을 향해 땅 밑으로 길을 내는 것을 숨기기 위해 최대한 조심했다.

파낸 흙은 강물에 버리면 편하지만 하류에서 흙물을 보고 숲의 상황을 의심할 것을 걱정해서 숲 깊은 곳에 흙을 버린 후 다시 그 위를 낙엽으로 덮는 번거로움을 감수했다.

그런데 그렇게 조심했음에도 불구하고 이 헤루안의 왕은 강물의 미세한 변화를 읽어낸 것이다.

"새삼 놀랍구려. 헤루안족의 능력이."

적풍이 진심으로 말했다

"그래, 무슨 일을 하고 계시오?"

공령이 미소를 지으며 물었다. 그러자 적풍이 굳이 숨길 일이 아니라는 듯 말했다.

"타르두 노인이 원주족들을 규합해 온 것은 아실 것이오."

"물론 알고 있소. 원주족이 미리 준비해 둔 마룡협의 우리 정령 일족 진영 근처에 머물고 있다는 전갈을 받았소. 거의 일천에 이른다고 하더구려. 생각보다 많은 숫자여서 조금 놀랐소."

공령이 대답했다.

"그중 일부가 숲에 와 있소."

"그렇소? 음, 바람의 타르두가 이끄는 흑수족이 십자성에 합류한 모양이구려."

바람의 타르두가 십자성의 사람이 되었다는 것은 이미 비밀이 아니었다. 그러니 그를 따르는 흑수족이 십자성의 일부가 되는 것 역시 당연한 일이었다.

"그들이 아니라 토호족이 와 있소."

"토호족? 그들이 숲에 와 있단 말이오?"

공령이 놀란 표정으로 되물었다.

"그렇소. 그들은 지금 지하도를 뚫고 있소."

"지하도라면… 어디로 말이오?"

"원주족의 본진으로 가는 길이오."

"설마……?"

공령이 그의 머릿속에 떠오르는 생각을 차마 말하지 못하고 적풍을 바라봤다. 그러자 적풍이 가볍게 고개를 끄떡였다.

순간 헤루안이 모든 일을 알아채고는 걱정스러운 표정으로 말했다.

"너무 위험한 일이오."

"그가 전선으로 온다면 오히려 안전한 전쟁터가 될 거요."

"그가 다음번에는 전선으로 나올 거라 생각하시오?"

"그렇지 않겠소? 지금까지 다른 카르들을 모두 동원했지만 승리하지 못했소. 그러니 아마 다음번에는 분명히 그 자신이 전선으로 올 것이오. 그럼 난 그의 본진으로 가겠소. 공평한 일이고 결과도 나쁘지 않을 거요. 그 싸움에서 다시 한 번 그를 좌절시킨다면 그땐… 현월문주가 말한 그물에 그를 끌어들일 수 있는 상태가 될 거요."

"음, 그렇긴 하지만… 그래도 성주께서 너무 위험한 상태에 놓이는 것이라……."

"땅속으로 이동할 테니 위험할 것은 없을 거요. 아무튼 이 일은 다른 사람에게는 말하지 말아주시오. 이런 일은 본래 여러 사람의 입을 타면 안 되는 일이니."

"그야 당연한 일이오. 나만 알고 있겠소."

공령이 고개를 끄떡였다.

그런데 그때 공령의 천막 밖에서 분주한 발걸음 소리가 들렸다.

그리고 이내 공수룡의 목소리가 들려왔다.

"상인을 데려왔습니다."

"들어오게."

공령이 대답하자 천막의 입구가 열리고 공수룡이 중년의 사내를 데리고 천막 안으로 들어왔다.

자손이 귀한 헤루안족의 특성은 일반 전사나 그들의 왕인 공령에게나 똑같이 적용된다. 그래서 공령 역시 단 한 명의 아들만 두고 있었다. 그 아들이 바로 지금 공수룡이 데려온 공상인이었다.

공령은 원주족과의 싸움에서 자신의 아들인 공상인을 전장의 가장 앞에 내세웠다. 왕의 아들로서 전장의 선봉에 나섬으로써 헤루안 전사들의 사기를 높이기 위함이기도 했고, 또한 그만큼 공상인의 능력이 출중하기 때문이기도 했다.

"찾으셨습니까?"

중년의 헤루안 전사 공상인이 아버지 공령에게 고개를 숙여 보였다.

"음, 전선의 상황은 어떠하냐?"

"아직 별다른 움직임이 없습니다."

"네가 고생이 많구나."

"고생은요. 모든 형제가 함께하는 일인데요."

공상인이 담담한 표정으로 말했다. 그의 말투와 행동에서 적풍은 이 중년의 헤루안 전사가 무척 침착한 사람이라는 것을 알 수 있었다.

그래서인지 그는 이 자리에 적풍이 와 있음에도 그에 대해 특별한 반응을 보이지 않았다.

"이분이 누군지는 알지?"

공령이 먼저 적풍을 소개했다. 그러자 공상인이 시선을 적풍에게로 돌리며 말했다.

"어찌 모르겠습니까? 두 신검의 주인이신 당대의 영웅이신데. 공상인이라 하오."

공상인이 적풍에게 가볍게 고개를 숙여 보였다. 나이가 얼추 비슷한 두 사람이지만 칠왕의 신분인 적풍을 대하는 공상인의 태도는 무례한 면이 있었다.

하지만 적풍은 공상인의 태도에 별반 신경을 쓰지 않았다. 그는 가볍게 고개를 까딱이는 것으로 공상인의 인사를 받았다.

그러자 공상인의 표정이 살짝 변했다.

그는 자신의 행동에 적풍이 분노든 호의든 어떤 반응이라도 보일 것이라고 생각한 모양이다. 그러나 적풍의 반응은 가벼운 무시였다. 당연히 공상인으로서는 반발심이 생길 수밖에 없었다.

하지만 침착한 그는 이번에도 자신의 성정대로 반발심을 참으며 공령에게 시선을 돌렸다.

"그런데 무슨 일로 찾으셨습니까?"

"일단 앉지."

공령이 두 사람에게 앉기를 권했다. 공령의 말에 두 사람이 적풍의 맞은편에 앉았다. 그러자 공령이 조심스럽게 적풍에게 받은 두 개의 주머니를 탁자 위에 올렸다.

"이게 무엇입니까?"

공수룡이 물었다.

"십자성주의 부인이신 설 부인께서 우리 헤루안의 정령 일족을 위해 만드신 것이라네."

"설 부인께서요?"

공수룡이 뜻밖이라는 표정으로 되물었다.

"그렇다네. 환약일세."

"환약이라면… 전선에 나온 전사들의 몸 상태를 걱정하신 모양이군요. 고마운 일이지요."

공수룡이 적풍을 바라보며 가볍게 고개를 숙여 보였다. 적풍이 대답 없이 무심한 표정으로 가볍게 머리를 까딱였다.

"단순히 몸의 원기를 보호하는 환단이 아닐세."

공령이 다시 입을 열었다.

"그럼 달리 쓰임새가 있다는 말씀이십니까?"

공수룡이 궁금한 표정으로 물었다.

"그렇다네. 그래서 상인을 부른 거고."

"도대체 무슨 말씀이시지 모르겠군요."

공수룡이 수수께끼 같은 공령의 말에 고개를 저으며 말했다.

그러자 공령이 이번에는 공상인에게 물었다.

"지난 싸움에서 정령의 술을 사용해 봤느냐?"

"그렇습니다."

"어떠하더냐?"

"적을 상대하기에는 충분했습니다."

공상인이 담담한 표정으로 말했다. 자신의 능력에 대한 자부심이 느껴지는 태도이다.

"그래도 헤루안에서와는 다르지?"

"그야⋯⋯."

"얼마나 힘을 쓸 수 있겠더냐?"

공령이 다시 물었다. 그러자 공수룡이 슬쩍 적풍의 눈치를 살핀 후 조심스럽게 말했다.

"헤루안에서보단 절반 이하지요. 하지만 그것만으로도 놈들을 상대하는 것은 충분합니다."

"일반 원주족 전사들을 상대하기에는 부족함이 없겠지. 하지만 카르들을 상대할 때는 위험할 수도 있다."

"우리 헤루안의 형제들이 정령의 술에만 의지하는 것은 아니지 않습니까? 설혹 원주족의 카르라 해도 활과 검으로 충분히 상대할 수 있습니다."

"자신감을 갖는 것은 좋은 일이지. 하지만 카르들을 상대하는 것은 그리 단순한 일이 아니다. 그러니 조심하거라. 아무튼 네가 시험해 봐야 할 것이 있다."

"시험이라시면⋯⋯?"

공상인이 되묻자 공령이 탁자에 올려놓은 두 개의 주머니 중 하나를 열어 푸른빛이 도는 투명한 환단을 꺼냈다.

환단은 마치 약이 아니라 구슬처럼 신비로운 빛을 냈다. 환단을 꺼내보는 것은 공령도 처음이라 그 신비로운 모습에 잠시 말을 잃고 환단을 들여다보더니 문득 적풍에게 물었다.

"단지 보는 것만으로도 이 환단이 얼마나 정성스럽게 만들어졌는지 알겠소이다."

"안사람이 전하기를 정령의 땅에서 그 신성한 정기를 바탕으로 만들어졌으니 정령단이라 부르라고 하더구려."

"정령단이라… 좋은 이름이구려."

공령이 고개를 끄떡였다.

"말했지만 약효가 정말 있는지, 있다면 얼마나 지속되는지가 중요하오."

적풍이 신중하게 말했다.

"맞소이다. 정확한 약효를 알아야 제대로 쓸 수 있을 것이오. 그 일을 네가 해줘야겠다."

공령이 공상인을 보며 말했다.

"그러니까 지금 이 환단의 약효를 확인하라고 절 부르셨다는 거군요."

공상인이 실망스러운 표정으로 말했다.

전장의 최전선에서 적을 상대하는 전사를 겨우 환단의 약효를 확인하라고 부른 공령의 처사가 이해되지 않는 모양이다.

"그만큼 중요한 환단이다."

"대체 어떤 약효를 확인해야 합니까?"

공상인이 신중한 성정에 어울리지 않게 반발하듯 물었다.

"기대대로라면 우리의 제약을 일시적으로나마 해결할 수 있는 환단이다."

공령이 신중하게 말했다.

"우리의 제약이라면… 아버님! 설마?"

공상인이 그답지 않게 흥분한 표정으로 공령을 바라봤다.

"음, 설 부인께서 일부나마 답을 찾으신 모양이구나. 아직 완전한 것은 아니지만 전장의 상황의 급박하다고 이렇게 초기 단계의 환단을 보내오신 거다."

"그게 정말… 가능한 일이오?"

공상인이 이번에는 적풍에게 물었다. 그로서는 지금 상황에서 적풍에 대한 예의 같은 것을 신경 쓸 여력이 없는 듯 보였다.

"그야 그대가 시험해 보면 될 것 아니오. 그래서 그대를 부른 것이고."

적풍이 덤덤하게 대답했다.

그러자 공령이 말했다.

"상인, 이 일을 해야 할 사람은 바로 너다. 그래서 널 불렀다. 이유는 단 하나, 만약의 경우 환단으로 인한 부작용이 생기더라도 넌 그 부작용을 극복할 수 있으니까. 또 설혹… 잘못되는 한이 있어도 그게 내 아들이어야 하지 않겠느냐?"

공령의 말에 공상인이 망설이지 않고 고개를 끄떡였다.

"당연한 일입니다. 어찌 다른 사람에게 위험한 일을 맡기겠습니까?"

"설루의 약은 그리 위험하지 않소."

적풍이 불편한 표정으로 말했다.

"아, 물론 설 부인의 의술을 의심해서 하는 말은 아니오."

공령이 재빨리 적풍의 비위를 맞췄다. 그러고 나서 푸른빛이 감도는 환단을 공상인에게 건넸다.

"지금 이 자리에서 시험해 보거라. 네 몸에 일어나는 변화를 자세히 살펴야 할 것이다."

"예, 아버님."

공상인이 대답을 한 후 환단을 받아 들고 천막의 한쪽 구석으로 가서 가부좌를 틀고 앉았다. 그러고는 망설이지 않고 환단을 입에 넣었다.

공상인의 몸에 변화가 일어나기 시작한 것은 일각이 지나지 않아서였다. 가장 먼저 일어난 변화는 그의 얼굴빛이었다. 좀 더 투명해진 듯 보이고 좀 더 빛나는 듯도 싶었다.

확실한 변화는 그가 눈을 떴을 때 일어났다. 그가 눈을 뜨자 그의 눈에서 신비로운 푸른색 안광이 묻어나오기 시작했다. 그건 헤루안 일족이 정령의 술을 쓸 때 일어나는 현상이었다.

"오!"

공상인의 안광이 변한 것을 확인한 공수룡이 나직하게 감탄사를 흘렸다.

공상인의 모습이 그가 헤루안에서 정령의 술을 쓸 때와 비슷했기 때문이다. 그건 곧 공상인이 어쩌면 정말 환단의 힘으로 헤루안 일족에게 드리워진 선천적인 제약을 벗어났을지도 모른다는 의미였다.

"어떠냐?"

눈을 뜬 공상인에게 공령이 물었다.

그러자 공상인이 손을 들어 올리며 대답했다.

"정말 놀랍군요. 마치 헤루안에 있는 것 같습니다."

대답을 하는 도중에 들어 올린 그의 손을 따라 천막 바닥에서 흙색의 기운이 올라오기 시작했다. 그러자 공상인이 가볍게 손을 뒤집었다. 순간 바닥에서 올라온 흙색의 기운이 그의 손 위에 솜처럼 모여들었다.

공상인이 이번에는 두 손으로 그 기운을 가운데로 모으는 듯한 동작을 했다. 그러자 흙색의 기운이 손의 움직임에 따라 여러 가지 형태로 모양을 바꿨다.

"정말 좋군요."

"버틸 만큼 버텨보아라. 약효가 유지될 수 있는 정확한 시간을 알아야 한다."

"알겠습니다."

공상인이 흥분한 표정으로 대답하고는 여전히 가좌부를 튼 채 흙의 기운을 조절하기 시작했다.

적풍은 굳이 더 이상 이 자리에 있을 필요가 없다고 생각했다. 벌써 반 시진이 지나고 있었다.

설루가 만든 정령단이 헤루안에서만 나는 귀한 약초들로 만들어진 것이라든지, 혹은 이번 싸움에 대한 예상들, 거기에 칠왕의 땅에 숨어살다 칠왕을 돕기로 결정한 원주족들에 대한 이야기까지 이런저런 이야기를 끌어와도 반 시진은 지루한 시간이었다.

그리고 그때까지도 여전히 공상인은 정령단의 힘을 가지고 있었다.

그쯤 되면 적풍도 이 시험의 끝을 보는 것을 포기해야 했다.

"아무래도 이 일의 결과는 나중에 전해 들어야겠소."

어느 순간 대화의 간격이 길어지자 적풍이 말했다. 그러자 공령도 더 이상 적풍을 붙들지 않았다.

"아무래도 그래야겠구려. 설 부인께서 정말 대단한 선물을 주셨소이다. 이 답례는 나중에 꼭 하겠소이다."

"그 일이야 안사람과 상의하시구려. 그럼 난 가보겠소."

적풍이 자리에서 일어나자 가부좌를 틀고 있던 공상인도 잠시 정령의 술을 멈추고 일어났다.

그로서도 헤루안의 정령 일족에게 엄청난 변화를 가져올 수 있는 놀라운 선물을 받은 입장에서 처음처럼 적풍을 대할 수는 없던 것이다.

"그럼 내일 사람을 보내겠소이다. 약효의 정확한 정보를 설 부인께도 전해야 할 테니."

공령이 천막을 나서는 적풍에게 말했다.

"기다리겠소. 그리고 두 분도 무운을 빌겠소."

적풍이 공상인과 공수룡을 보며 말하자 두 사람이 정중하게 적풍에게 고개를 숙이는 것으로 인사를 대신했다.

적풍은 그렇게 세 사람의 전송을 받으며 정령 일족의 진영을 떠났다.

그가 떠나자 공상인은 다시 처음에 있던 자리로 이동해 가부좌를 틀고 앉아 정령의 술을 시전하기 시작했다. 그 모습을 지켜보고 있던 공수룡이 나직하게 입을 열었다.

"향후 반드시 좋은 인연을 맺어야 할 사람들인 것 같습니다."

"후후, 아우는 처음에 그들을 헤루안에 들이는 것을 반대하지 않았나?"

공령이 미소를 지으며 물었다.

"그야… 그때는 설마 저들의 능력이 이 정도일 줄은 몰랐지요."

"맞네. 나도 솔직히 기대 이상이야. 설마하니 환단으로 금제를 해결할 줄이야 누가 알았겠나."

"그런데 영구적으로 이 금제에서 벗어날 방법을 찾아낼까요?"

"그거야 모르지. 하지만 일단 길은 열었다고 봐야지. 환약을 만들었다는 것은 곧 원인을 알았다는 뜻이니까."

"역시… 그렇지요."

공수룡이 고개를 끄떡였다.

그러자 공령이 잠시 천막의 입구를 열고 이미 사라진 적풍의 흔적을 찾으며 중얼거렸다.

"솔직히 말하자면 설 부인의 치료도 중요하지만 난 십자성주 그 한 사람만으로도 우리에게 무척 중요한 인물이라고 생각하네."

"그도 대단한 사람이지요."

공수룡이 동의했다.

"가장 중요한 것은… 어쨌거나 그는 이 땅의 제왕으로 군림할 생각이 없다는 것이야. 그 점이 다른 신검주들과는 확실히 다르네. 그 이유로 해서 그는 우리 헤루안에 좋은 친구가 될 수 있을 걸세. 향후 헤루안과 십자성이 연대하면 칠왕 중 그 누구도 감히 헤루안을 넘볼 수 없을 걸세."

공령은 무엇인가 단단히 결심을 한 표정으로 말했다.

제3장
기습

"세 시진… 나쁘지 않군. 아니, 기대 이상이야."

정령의 왕 공령으로부터 사람이 온 것은 이른 아침이었다. 공령의 전갈에 의하면 공상인에게 정령단의 약효가 지속된 시간은 여섯 차간, 명계의 시간으로는 세 시진 정도였다.

그 정도라면 전장에서 큰 변수를 만들 수 있는 시간이다. 결국 설루가 이 전쟁에 중요한 변수를 만들어낸 셈이다.

"십자성과 헤루안, 역시 나쁘지 않은 조합이지."

적풍은 이 일이 단순히 이번 전쟁에서 헤루안 전사들의 전력을 상승시키는 효과뿐만 아니라 향후 십자성과 헤루안의 관계에 결정적인 역할을 하게 될 것이라는 것을 의심치 않았다.

"물론 이 관계가 결실을 보려면 이 전쟁에서 이겨야 하지만."

적풍이 시선을 북동쪽 끝으로 돌렸다. 그곳에서는 토호족이 밤낮을 가리지 않고 땅을 뚫어 지하도를 만들고 있었다.

그런데 적풍이 지하도 입구로 시선을 돌렸을 때 마치 기다렸다는 듯이 지하도 입구에서 토호족이 쏟아져 나왔다. 그중에는 토호족의 작업을 지휘하고 있던 카르 몽가도 있었다.

일단 지하도를 벗어난 몽가는 짧은 다리에 부지런히 걸음을 옮겨 적풍이 있는 곳으로 달려왔다.

"끝났는가, 아니면 문제가 있는가?"

적풍이 혼잣말로 중얼거렸다. 문제가 생겼을 수도 있었다. 그러나 걱정은 기우였다.

"성주, 길이 완성됐소."

적풍 앞에 도착한 몽가가 땀이 범벅이 된 얼굴로 말했다. 그가 얼마나 지하도를 뚫는 데 힘을 쏟아부었는지 여실히 드러나는 얼굴이다.

"수고하셨소."

적풍이 진심으로 몽가에게 말했다. 그의 모습을 본 사람이라면 누구라도 그의 노력을 인정하지 않을 수 없을 것이다.

"이제 내가 할 일은 끝난 것 같소만……."

"맞소. 이제부터는 우리 일이오. 토호족은 마룡협으로 돌아가도 좋소. 물론 이곳에 남아도 상관없소."

"우리가… 싸우는 데는 별 도움이 되지 않을 거요."

몽가가 머리를 긁적이며 말했다.

땅속 길을 뚫는 것은 몰라도 도검을 들고 싸우는 난전에서는 크게 힘을 낼 수 없는 토호족이다.

"전장에 나가 싸우자고 하는 말은 아니오. 토호족은 이미 다른 어떤 왕국의 전사보다 대단한 일을 해냈소. 그것으로 충분하오. 만약 이 싸움에서 승리한다면 토호족의 공이 가장 클 것이오. 내가 남아 있으라고 한 것은 이곳에서 토호족이 만든 지하비도가 이 전쟁을 어떻게 승리로 이끄는지 눈으로 확인해 보라는 것이오."

"싸움 구경을 해라?"

"나쁠 것 없지 않소?"

적풍이 되물었다.

그러자 몽가가 잠시 생각에 잠겼다가 입을 열었다.

"하긴 나쁠 건 없구려. 싸움 구경, 그것도 이런 큰 전쟁 구경은 평생 한 번 보기 어려운 것이니."

"그럼 남겠소?"

"그러겠소. 또 우리의 재주가 필요한 일이 생길지도 모르고."

"좋소, 그럼 그렇게 합시다."

"그런데 싸움은 언제 시작하오?"

몽가가 물었다.

"그야 그의 결정에 달린 문제요."

"우구족 대카르 사칸 말이오?"

"그렇소."

"후우, 그 사악한 자는 정말……."

"그를 알고 있소?"

적풍이 물었다.

"예전에… 그러니까 그가 마룩의 정념을 얻기 전에 만난 적이 있소. 그때에도 그는 우리 토호족에게 자신을 따를 것을 강요했소. 왜냐하면 그에겐 우리의 땅 파는 재주가 무척 필요했기 때문이오."

"거절하셨소?"

"물론 그렇소. 이미 그때 그자가 우릴 같은 원주족이 아닌 노예로 취급할 것임을 알았기 때문이오. 우리가 위험을 무릅쓰고 세 어머니의 호수 남쪽 고산 지역에 숨어들어 도람석을 채굴하고 산 것은 그를 피하기 위함도 있었소. 아무리 그라 해도 오손의 왕국까지 우리를 찾아오지는 못할 것이기 때문에 말이오."

"음, 그런 일이 있었구려."

적풍이 고개를 끄떡였다.

타르두의 설득도 설득이겠지만 토호족이 대카르 사칸이 이끄는 원주족이 아닌 칠왕의 편에 선 확실한 이유를 알 수 있는 일화이다.

"아무튼 성주께서 어떻게 싸우실지 기대가 큽니다."

"글쎄… 나야 특별한 일이 아니면 검을 휘두를 일이 있겠소? 나보다는 십자성의 젊은 친구들을 구경하는 것이 더 즐거울 것이오."

적풍의 말에 몽가가 커다란 나무 아래에 어깨를 나란히 하고 서 있는 적사몽과 구룡, 그리고 파간과 와한 등 젊은 전사들을 바라봤다. 그러다가 문득 입을 열었다.

"부러운 일이오."

"솔직히 자랑하고 싶은 친구들이오."

"후우, 십자성의 미래는 무척 밝은 것 같소."

"토호족 역시 마찬가지요."

적풍도 지난 며칠간 토호족이 보여준 그 놀라운 재주와 열정에 진심으로 감탄하고 있었다.

"그러나 우리 토호족은 한계가 있소. 무력이 없으니 언제나 숨어살 수밖에 없는 처지라서. 그런 면에서 보자면 흑수족이 부럽소."

"……?"

"십자성이라는 거대한 그늘을 얻었으니 말이오. 자신들의 재주를 마음껏 펼칠 수 있는."

"원한다면 토호족에게도 십자성의 문은 열려 있소."

"정말이오?"

"그렇소. 물론 십자성의 식구가 되는 것도 환영하지만 친구로서도 환영하오. 지금의 십자성은 무척 다양한 사람들로 구성되어 있소. 그래서 서로의 뿌리를 존중하는 편이오. 물론 한 가지 원칙이 있소. 모든 행보에는 십자성의 존립과 안전이 가장 우선이라는……."

적풍의 말에 몽가의 얼굴에 웃음이 떠올랐다.

"솔직히 이번 일을 시작하면서 성주에 대한 의구심을 가지고 있었소이다. 그런데 시간이 지나다 보니 은근히 십자성의 그늘이 부러워지더구려. 타르두 어른이 이끄는 흑수족의 모습을 보니 더더욱 말이오."

"그럼 망설이지 마시구려. 방법은 좋은 대로 선택하시고."

"고맙소이다. 형제들과 상의해서 곧 결정을 하겠소."

"결과야 어떻든 좋은 친구를 얻게 되어 기쁘오."

"그렇게 말씀해 주시니 지난 며칠 땀 흘린 보람이 있소이다."

몽가가 손을 들어 이마에 맺힌 땀을 훔치며 말했다.

강변에 세워지는 장벽은 점점 더 단단해졌다. 석림의 왕과 그의 일족이 만들어내는 강변의 장벽은 이제 거의 성벽에 가까울 정도였다.

이런 강력한 장벽을 과연 원주족이 공략해 낼 수 있을까 의구심을 들 무렵, 그래서 칠왕의 전사들이 약간의 방심에 빠진 사이 원주족의 공격이 다시 시작됐다.

투석기로 날린 석포가 강변의 장벽을 부수고 죽음을 두려워 않는 원주족 전사들이 성난 파도처럼 칠왕의 진영을 향해 몰려들었다.

그 거대한 진군에 방심하고 있던 칠왕의 전사들은 잠시 당황한 듯도 보였지만 이내 노련한 장수들의 지휘 아래 다른 때와 마찬가지로 체계적인 반격을 가하기 시작했다.

칠왕의 전사들 역시 투석기와 궁수들이 동원되었다. 단단히 구축된 장벽을 방패 삼아 쏘아대는 화살은 다른 때보다 훨씬 강력한 위력을 발휘했다.

더군다나 타림성을 비롯한 칠왕의 땅 상인들이 보내온 막대한 보급품으로 인해 칠왕의 진영에는 화살이 넘쳐나고 있었다.

칠왕은 풍부한 보급품과 단단한 방책을 효과적으로 이용해 피해를 최소화하면서 적을 막았다.

그런데 철벽같은 방책을 향한 원주족의 무모한 진격은 대카르 사칸이 던진 미끼였다.

작은 강을 사이에 두고 치열한 공방전을 벌이는 사이 사람들 모르게 하늘에는 검은 구름이 모여들었고, 침묵의 강에서는 뿌연 안개가 일어나고 있었다.

이런 변화는 그저 변덕스러운 마룡협의 날씨 탓으로 여겨져 치열한 전투를 벌이는 칠왕의 전사들에겐 그리 큰 관심을 끌지 못했다.

그러나 강을 가득 메운 안개 속에서 검은 그림자들이 나타나고, 그 그림자들이 수십 척의 배로 변해 야수와 같은 원주족 전사들이 칠왕의 진영 측면으로 상륙하자 전세는 일순간에 변하기 시작했다.

우우우!

밀물처럼 칠왕의 진영 측면으로 밀려드는 원주족들의 공격으로 인해 침묵의 강과 인접한 곳에 진영을 구축하고 있던 바람의 왕국 전사들이 가장 먼저 극심한 피해를 입었다.

배를 타고 온 원주족 전사들의 숫자가 그리 많은 것은 아니었지만 하나같이 야차처럼 사나워서 바람의 왕국 전사들은 일순간 거의 모든 진영을 내주고 그들 옆에 진영을 구축하고 있던 오손의 왕국 진영까지 밀려났다.

그리고 그때가 돼서야 칠왕의 전사들이 당황한 마음을 수습하고 배를 타고 기습한 원주족 전사들에게 제대로 된 반격을 가하기 시작했다.

반격이 시작되자 오손의 진영을 경계로 양측의 치열한 공방전이 벌어졌다.

그런데 일단 적들의 전진을 멈추게 했지만, 이 기습적인 원주족의 공격은 이미 전세에 큰 영향을 미치고 있었다.

가장 중요한 것은 칠왕의 전력이 반으로 갈렸다는 것이다. 여전히 침묵의 강으로 이어지는 작은 강변에 구축한 장벽에서 적의 전진을 막는 전사들과 침묵의 강으로 거슬러 올라가 기습한 적을 막는 전사들, 그렇게 둘로 갈라진 칠왕의 전력은 예전 같은 위력을 발휘할 수 없었다.

그나마 기습 공격에도 한순간에 무너지지 않고 버틸 수 있던 것은 석림의 전사들이 세운 단단한 방벽 때문이었다.

그러나 그 방벽 역시 언제까지 칠왕의 전사들을 지켜줄 수 있을지는 가늠할 수 없었다.

숫자로는 절대적 우위에 있는 원주족들이 오늘 이 싸움을 끝내겠다는 듯 모든 전력을 동원해 공격해 오고 있었기 때문이다. 그렇게 전세가 급격하게 불리한 상황으로 변하는 것을 적풍은 북쪽 숲에서 지켜보고 있었다.

"어쩌시겠습니까?"

이위령이 입맛을 다시며 말했다. 그러자 적풍이 잠시 더 전장을 살피더니 입을 열었다.

"움직여야겠군."

"지금 가시겠습니까?"

이위령이 다시 물었다.

"음."

적풍이 고개를 끄떡이자 곁에 있던 구룡이 초조한 기색으로 물었다.

"지하도를 통해 적의 본진으로 가는 것보다 전장으로 가서 아군을 구원해야 하는 것이 아닌가 싶습니다. 저러다가는 우리가 적의 후방을 공격하기도 전에 칠왕의 진영이 무너질 것 같습니다만……."

구룡이 걱정할 정도로 칠왕 진영의 상황은 좋지 않았다. 구룡의 말대로 당장 구원이 필요한 듯 보이는 지경이었다.

그러나 적풍은 고개를 저었다.

"버텨낼 거야."

"하지만……."

"배들을 숨긴 안개는 자연적인 것이 아니라 아마도 대카르사칸의 술법이겠지?"

적풍이 뜬금없는 질문을 했다. 그러자 구룡이 대답했다.

"아마도 그럴 겁니다. 미처 그 변화를 알아채지 못한 것이 실수지요."

"그렇다면 이쪽에서도 그자가 생각지 못한 반격을 하면 돼. 그리고 지금 그 반격을 할 것 같군."

"무슨 말씀이십니까?"

구룡이 급히 되물었다.

"헤루안의 정령술사들이 움직이고 있어. 저들이 사칸이 생각지도 못한 반격을 가할 거야."

"헤루안의 전사들이요? 하지만 그들은 난전에 능한 자들이 아니지 않습니까?"

이위령이 물었다.

"정령술을 쓸 거야."

"예?"

구룡이 더 이상하다는 표정을 되물었다.

이 땅의 사람이라면 누구나 아는 사실이 있다. 헤루안의 전사들이 헤루안 땅을 벗어나서는 정령술을 제대로 쓰지 못한다는 사실이다. 그들 중 헤루안을 벗어나서도 정령술을 쓸 수 있는 전사는 겨우 구천령사 정도였다.

그런 그들이 정령술로 근 일천에 이르는 원주족의 기습자들을 상대할 수는 없었다. 그러니 적풍의 말은 구룡뿐 아니라 십자성의 무사라면 누구나 의아해하지 않을 수 없었다.

"두고 봐."

적풍이 팔짱을 낀 채 말했다.

그러는 사이 헤루안의 전사 일백여 명이 칠왕의 진영 후방으로 물러나 침묵의 강 쪽으로 이동하더니 전선으로 보급품을 실어 나르기 위해 준비해 둔 뗏목에 올라탔다.

"수전을 하겠다는 건가?"

소두괴가 이해할 수 없다는 표정으로 중얼거렸다. 정령술도 정령술이지만 수전에는 더욱 익숙하지 않은 헤루안의 전사들이다.

더군다나 원주족의 기습자들이 타고 온 배는 모두 단단한 전선이다. 뗏목을 타고 수전을 택한 헤루안의 전사들에 대해 걱정하지 않을 수 없었다.

사람들의 걱정을 아는지 모르는지 헤루안의 전사들은 뗏목을 몰고 적선을 향해 내려갔다.

그러자 원주족의 전선도 분주해졌다. 대부분의 원주족 전사들이 강변에 상륙해 기습에 참여했기에 배 위에 있는 원주족은 그리 많지 않았다.

그래서 그들은 접전을 피하기 위해 헤루안의 전사들이 다가오기 전에 화살로 공격을 시작했다.

쐐애액!

날카로운 파공음이 일어나며 원주족 전선 위에서 수백 대의 화살이 헤루안 전사들이 타고 있는 뗏목으로 날아갔다. 그러자 헤루안의 전사들이 재빨리 방패를 들어 날아오는 화살을 막았다.

그렇게 적의 화살을 막아낸 헤루안의 전사들이 십여 개의 뗏목을 일자로 늘어세웠다.

일렬로 늘어선 헤루안의 전사들은 일부는 방패로 적의 화살을 막고, 나머지 전사들은 그 뒤에 서서 일제히 두 팔을 들어 올리는 자세를 취했다.

순간 놀라운 일이 벌어졌다. 갑자기 잔잔하던 침묵의 강 수면이 마치 파도가 일 듯 일렁이기 시작한 것이다.

그리고 급기야 그 파도가 거대한 산처럼 일어나더니 그대로 하류로 밀려가기 시작했다.

쿠우우!

거대한 물결이 밀리는 소리가 무섭게 터져 나왔다. 이어 그 파도가 단번에 원주족 전선을 덮쳤다.

콰아아!

순식간에 원주족 전선들이 차가운 물을 뒤집어썼다. 더불어 전혀 예상치 못한 파도의 공격을 받은 원주족 전사들이 시야를 확보하지 못한 채 당황해 소리를 질러댔다.

순간 그들을 향해 날카로운 화살이 쏟아져 들어오기 시작했다.

퍼퍼퍽!

파도를 뒤집어쓴 원주족 전사들을 향해 뗏목 위의 헤루안 전사들이 강전을 날려 보낸 것이다.

본래 헤루안의 전사들은 정령술을 제외하고는 궁술에 가장 능했다. 그들의 궁술은 다른 칠왕의 전사들이 감히 흉내 낼 수 없는 것으로 손에 피를 묻히기 싫어하는 정령 일족의 특성으로 인해 발전한 그들만의 비술이었다.

퍽퍽퍽!

화살 한 대에 한 명씩 어김없이 전선 위의 원주족들이 쓰러져 갔다.

그리고 그사이 헤루안 전사들이 타고 있는 뗏목이 원주족 전선에 바짝 다가들었다.

그러자 헤루안 전사들이 재차 정령술을 일으켰다. 그들의 손에 따라 일어난 거대한 물보라가 그대로 원주족 전선을 덮쳤다. 그 틈을 타고 일단의 헤루안 전사들이 전선 위로 올라갔다.

그리고 잠시 후 물에 흠뻑 젖은 배 위에서 놀랍게도 불길이 치솟았다. 아마도 헤루안 전사들이 기름과 유황을 가지고 배에 오른 모양이다.

순식간에 십여 척의 배가 불타기 시작했다. 그러자 배를 가리고 있던 검은 안개가 순식간에 사라졌다.

배를 불사른 정령의 왕국 전사들은 어느새 배에서 내려 그들이 타고 온 뗏목에 올라 있었고, 더 이상 적을 공격하지 않고 빠르게 강변으로 이동했다.

전장에 다시 한 번 큰 변화가 일어났다.

전선이 불타 퇴로가 끊긴 원주족 전사들의 사기가 급격하게 꺾였다. 더군다나 뗏목을 타고 강변으로 접근해 온 정령의 왕국 전사들이 그들의 장기인 화살을 원주족 전사들 후미로 날리기 시작하자 수세에 몰리고 있던 칠왕의 전사들이 오히려 승기를 잡기 시작했다.

퇴각할 배를 잃은 원주족들은 자연스럽게 침묵의 강의 지류, 양쪽의 정예들이 맞붙은 작은 강 쪽으로 이동하기 시작했다.

방벽의 안쪽에서 일어난 이 급격한 변화가 전황을 다시 혼돈 속으로 몰아넣기 시작했다.

"가야 할 때군."

난전으로 흐르는 전황을 확인하고 적풍이 입을 열었다.

"준비하겠습니다."

이위령이 대답하고는 재빨리 물러나 십자성 무사들을 정비하기 시작했다.

적풍은 잠시 더 강변의 전황을 살핀 후 지하도가 있는 곳으로 걸음을 옮겼다.

적풍이 지하도 앞에 도착했을 때는 이미 일백에 이르는 전사들이 적풍을 기다리고 있었다.

"함께 가시려오?"

전사들의 숫자가 많아진 것은 타르두가 이끌고 온 흑수족이 포함되었기 때문이다.

흑수족은 빠르기는 하지만 싸움의 능력에선 십자성의 고수들을 따를 수 없었다. 그런 그들이 적진 깊숙이 들어가는 이 일에 참여하는 것은 극히 위험한 일이었다.

적풍으로서는 걱정하지 않을 수 없었다.

"짐이 되지는 않을 겁니다."

타르두가 다부지게 말했다. 그러자 적풍이 잠시 타르두를 보다가 고개를 끄떡였다.

"좋소, 함께 갑시다."

"감사합니다."

"단, 적진에 도착해서는 지하도 입구에서 일 마르 이상 떨어지지 마시오."

"알겠습니다. 그리고 우리 목숨은 걱정 마십시오. 싸움에는 어떨지 모르지만 살아남는 데는 흑수족이 최고지요."

타르두가 일부러 미소를 지어 보이며 말했다.

하지만 그것이 꼭 허황된 말은 아니었다. 이 땅에서 흑수족만큼 정확한 생로를 찾고 빠르게 움직일 자는 없기 때문이다.

"알겠소, 그럼 갑시다."

적풍이 고개를 끄떡이자 타르두가 흑수족을 이끌고 호기롭게 먼저 지하도 안으로 들어갔다.

말을 끌고 갈 수는 없었다.

지하도를 이동하는 십자성 무사들은 모두가 두 발로 걷고 있었다. 가끔은 허리를 숙이고 두 손을 이용해 기어야 할 때도 있었다. 그러나 전체적으로 토호족이 뚫어놓은 지하도는 사람들이 이동하기에 큰 어려움이 없었다.

그렇게 반 시진 정도를 이동한 어느 순간 일행을 안내하던 토호족의 족장 몽가가 손을 들어 일행의 걸음을 멈추게 했다. 그리고 조심스레 손가락으로 지하도의 위쪽을 가리켰다.

적풍이 그의 곁으로 다가가 보니 토굴이 방향을 틀어 위로 향해 있었다.

"다 온 거요?"

"그렇소이다. 마지막 지점은 남겨두었소. 위의 사정이 어떨지는 솔직히 나도 모르겠소."

몽가가 위가 막혀 있는 출구를 보며 말했다.

"뚫어주시오."

적풍은 망설임이 없었다.

몽가가 그런 적풍을 잠시 바라보고는 이내 출구를 향해 올라갔다.

스르르!

몽가의 손길에 따라 부드러운 흙이 아래로 밀려 내려왔다. 그리고 곧 빛이 지하도 안으로 화살처럼 박혀들었다. 몽가는 사람 팔목만 한 구멍을 지면을 향해 내놓고 미끄러지듯 지하도로 내려왔다.

"여기까지가 내 일인 듯하오."

몽가가 조금은 겸연쩍은 표정으로 말했다.

그 자신이 검을 들고 밖으로 나가 싸울 용기가 없음을 부끄러워하는 건지 아니면 토호족의 무력이 약한 것에 자괴감을 느끼는 것인지는 알 수 없었다.

"수고하셨소. 이젠 그만 돌아가시오."

"아니오. 지하도에 머물겠소. 만약을 위해서."

"우린… 지상으로 회군할 거요."

적풍이 말했다.

"그래도… 혹시 모르니 만약을 대비하겠소."

"그럼 좋도록 하시오."

적풍이 고개를 끄떡였다. 자신이 없는 것은 아니지만 퇴로가 하나쯤 더 있는 것도 나쁜 것은 아니다.

적풍의 말에 몽가가 가볍게 고개를 숙여 보인 후 후방으로 물러났다. 그러자 적풍이 십자성의 무사들을 보며 말했다.

"아바르 강에서의 돌격을 기억할 것이다. 그때와 같다. 절대 옆 사람과의 간격을 삼 장 이상 벌리지 말라. 적에 대한 욕심도 내지 마라. 추격해서 죽일 수 있는 적이라도 거리가 멀면 포기한다. 이 공격의 목적은 죽음이 아닌 혼란이다."

적풍의 말에 십자성의 무사들은 고개를 숙이는 것으로 대답을 대신했다.

그러자 적풍이 계속 말을 이었다.

"적의 본진을 휩쓸고 우측 능선을 따라 이동하겠다. 타르두 노인."

적풍이 타르두를 찾았다.

"예, 성주."

타르두가 앞으로 나서며 대답했다.

"가장 먼저 적의 말을 찾아주시오. 말이 있어야 좀 더 쉽게 움직일 수 있으니까."

"알겠습니다."

타르두가 대답했다.

"좋아, 그럼 시작하자. 와한, 파간!"

"예, 성주!"

"선봉이다."

"알겠습니다."

와한과 파간이 짧게 대답하고는 망설이지 않고 몽가가 뚫어놓은 작은 출구를 향해 움직였다.

퍽!

한 더미의 흙이 작은 소리를 내며 위로 솟구쳤다. 그리고 뒤를 이어 한 사람의 머리가 땅속에서 솟구쳤다.

와한이 눈만 지면으로 내밀고 재빨리 주위를 살폈다. 어지러운 짐과 얼굴을 찌푸리게 만드는 기이한 냄새가 와한을 맞이했다.

와한이 눈살을 찌푸리며 훌쩍 위로 솟구쳤다.

출구는 마치 미리 준비를 해놓은 것처럼 안성맞춤이었다. 와한이 나온 곳은 지저분한 천으로 얼기설기 만든 원주족 누군가의 천막 안이었다.

불쾌한 장소이기는 해도 적의 눈을 피하는 데는 좋았다.

와한이 지하도 입구로 손을 내려 올라오라는 신호를 했다. 그러자 파간이 지하도를 벗어났고, 뒤를 이어 십자성의 무사들이 빠르게 지상으로 올라왔다.

그사이 와한이 천막의 입구를 열고 밖의 동정을 살폈다.

"어떤가?"

어느새 와한의 뒤로 다가온 적풍이 물었다.

"숫자가 많지는 않습니다."

"그자의 막사를 찾을 수 있으면 좋겠는데……."

"전장에 나가 있지 않겠습니까?"

침묵의 강에 퍼져 있던 안개는 대카르 사칸의 술법이 아니면 힘든 일이다.

"빈집이라도 그자의 거처를 쓸어버리면 적지 않은 충격이 될 테지."

"그렇군요. 나가면 찾아보겠습니다."

와한이 고개를 끄떡였다.

그러자 적풍이 고개를 돌려 타르두와 흑수족을 눈짓으로 불렀다.

타르두와 흑수족이 다가오자 적풍이 말했다.

"말했듯이 말을 모아둔 곳을 찾아 말을 끌고 오시오. 많으면 많을수록 좋소."

"알겠습니다, 성주. 가자!"

타르두가 대답하고는 발이 빠른 흑수족 전사들을 데리고 빠르게 천막을 빠져나갔다.

그러자 적풍이 다른 십자성의 무사들을 돌아보며 말했다.

"우리도 이제 놀아볼 때다. 모두 준비됐나?"

적풍의 말에 십자성의 무사들이 일제히 고개를 숙여 보였다.

"좋아, 가자. 십자성의 이름이 놈들에게 본능적인 두려움이 되도록 만든다."

적풍의 말에 와한과 파간이 검을 뽑아 들고 천막을 뛰쳐나갔다. 뒤를 이어 적풍이, 그리고 다시 십자성 무사들이 원주족의 천막을 무너뜨리며 적을 향해 달리기 시작했다.

"악!"

"크악!"

돌풍이 시작된 곳에서부터 비명이 터져 나왔다. 몇 대의 화살이 원주족의 목을 꿰뚫었다.

그러나 그때만 해도 원주족은 자신들에게 무슨 일이 일어났는지 알지 못했다.

적풍의 사자검이 일으키는 검은 기운이 구름처럼 십자성 고수들을 에워싸고 있어서 그 안의 사정이 잘 보이지 않았기 때문이다.

그러나 곧 그들은 자신들에게 일어난 일을 깨달았다.

"적이다!"

"기습이다!"

어떨 때는 적풍 등이 알아들을 수 있는 말로, 또 어떨 때는 전혀 알아들을 수 없는 고함이 원주족 본진으로 퍼져 나갔다.

급기야 원주족이 적풍과 십자성의 무사들을 향해 몰려들기 시작했다.

콰릉!

와한과 파간의 검에서는 천둥 치는 소리가 일어났다.

두 사람 모두 무림의 무공을 수련해 검기를 자유롭게 쓸 수 있었고, 신혈족의 선천적인 기운을 교벽을 통과하며 각성했기 때문에 신혈의 기운 역시 태산처럼 무거웠다.

그 두 가지 힘이 어우러져 만들어내는 검기의 움직임은 말 그대로 땅 위에 벽력이 치는 것 같았다. 그 위력에 십자성 무사들을 향해 몰려들던 원주족이 강변의 갈대처럼 쓰러져 갔다.

"와한, 왼쪽이다!"

무서운 속도와 힘으로 선봉에서 길을 뚫고 있던 와한에게 뒤쪽에서 이위령이 소리쳤다.

와한이 고개를 돌려보니 왼쪽으로 백여 장 떨어진 곳에 검은색 바탕에 황금빛으로 신룡의 문양을 수놓은 특별한 천막이 보였다.

누가 보아도 그 천막이야말로 원주족 대카르 사칸의 천막이 분명해 보였다.

와한이 방향을 사칸의 천막 쪽으로 틀었다. 그러자 그들의 앞을 막아서는 적들의 숫자가 급격하게 늘어났다.

모습도 다양했다. 사람이라고 부르기 어려울 정도로 거대한 체구를 지닌 거인들과 야차 같은 얼굴을 한 괴인들, 칠왕의 땅에서 살아가는 평범한 사람이라고 해도 믿을 수 있는 자들도 있었다.

그렇게 다양한 자들이 앞을 막아서는 목적은 단 하나, 대카르 사칸의 막사를 지키기 위함인 듯 보였다.

하지만 적풍과 십자성의 무사들은 어떤 적이 앞을 막아서건 상관없이 거의 속도를 줄이지 않고 사칸의 막사를 향해 돌진했다.

"크아!"

갑자기 거대한 울부짖음이 들리면서 다섯 명의 거인이 거대한 도끼를 휘두르며 일행의 앞을 막아섰다. 보통 사람보다 두 배가 넘는 커다란 몸집은 보는 것만으로도 오금을 저리게 만들 만큼 위협적이었다.

다섯 명의 거인이 일제히 머리 위로 도끼를 들어 올렸다. 그야말로 사람이 쌓은 성벽 같은 위압감이다.

그러자 갑자기 십자성의 무사 중에서 한 사람이 허공으로 솟구쳤다.

구룡이다.

"너희들은 내 몫이다!"

허공으로 치솟은 구룡의 입에서 노성이 터져 나오고, 그보다 더 높이 솟구친 불의 검에서 붉은 염기가 일렁였다.

"길을 열어라!"

구룡의 경고와 함께 그의 검이 허공을 갈랐다.

화르르!

구룡의 불의 검이 길게 늘어났다. 물론 검이 늘어난 것이 아니라 불의 검에서 흘러나오는 붉은 기운이 늘어난 것이었다.

콰아아!

불의 검이 그대로 다섯 명의 서웅족 전사들을 휘감았다. 그러자 서웅족 전사들이 일제히 도끼를 들어 불의 검을 막아갔다.

콰앙!

불의 검과 다섯 개의 도끼가 격돌하면서 강력한 파열음이 터져 나왔다. 그리고 그 결과는 과거 수백 년 동안 왜 칠검의 주인이 이 땅을 지배했는지를 증명해 주었다.

"끄어어억!"

"커억!"

서웅족 거인들이 괴상한 신음을 터뜨리며 고목이 쓰러지듯 땅 위에 무너져 내렸다.

쿵쿵!

바위 같은 거인이 쓰러지자 무거운 소리가 터져 나왔다. 두 명의 서웅족 거인이 쓰러지고 나머지 세 명은 온몸에 화상과 같은 상처를 입고 두려움에 질려 주춤거리며 뒤로 물러났다.

그리고 그 순간 무너진 서웅족 거인들의 방어막을 뚫고 검은 기운에 휩싸인 십자성 무사들이 돌진했다.

쏴아아!

십자성 고수들이 돌진하는 길을 따라 강물 흐르는 소리가 만들어졌다. 구룡이 서웅족 거인들을 베어버린 이후에는 제대로 십자성 고수들의 앞을 막는 자들이 없었다.

간간이 날아드는 화살은 적풍의 사자검이 만들어내는 검은 기운에 닿자마자 힘을 잃고 땅에 떨어졌다. 그러면 어김없이 십자성의 고수들이 반격하듯 쏘아낸 화살에 원주족들이 죽어 갔다.

그러자 어느 순간부터는 아예 십자성 무사들을 향한 공격이 사라졌다. 원주족들에게 사칸에 대한 진심 어린 충성심이 있을 리 없었다. 그들은 사칸의 무서운 능력에 두려워 복종하는 것이지 그를 마음으로 따르는 자들이 아니었다.

그러니 당연히 비어 있는 사칸의 막사를 위해 목숨을 걸고 십자성 고수들을 막을 자는 없었다. 덕분에 적풍과 십자성 고수들은 단숨에 검은빛과 금빛이 묘하게 조화된 사칸의 막사 앞에 도착했다.

"태워 버려."

막사 앞에 도착한 적풍이 구룡에게 명했다. 그러자 구룡이 서슴없이 사칸의 막사로 다가가 불의 검을 휘둘렀다.

화르르!

불의 검이 지나간 자리에서 불길이 타올랐다. 사칸의 화려한 막사가 순식간에 화염에 휩싸였다.

그런데 그 순간 갑자기 불타오르는 막사 안에서 괴상한 소리와 함께 검은 연기가 솟구치기 시작했다.

끼이이!

마치 짐승이 울부짖는 것 같은 소리였지만 연기 속에서 움직이는 짐승은 없었다.

"마기인가?"

이위령이 괴상한 소리에 주눅이 든 표정으로 중얼거렸다.

"아마도 그자가 술법을 쓰기 위해 준비해 둔 것이 있는 모양입니다."

소두괴가 신중하게 말했다.

"제길, 역시 요상한 짓거리를 하는 자였어. 그러나저러나 이
젠 소용없지. 모두 타버릴 테니까."

이위령이 마치 눈앞에 사칸이 있는 것처럼 눈을 부라리며 말
했다.

그런데 그때 그들의 뒤쪽에서 강렬한 말발굽 소리가 들렸다.

두두두!

천군만마가 몰려오는 듯한 말발굽 소리에 십자성의 무사들
이 일제히 고개를 돌렸다.

그러자 타르두를 선두로 흑수족의 전사들이 백여 필이 훌쩍
넘는 말을 몰아 적풍이 있는 곳으로 달려오고 있었다.

"찾았군. 이제 제대로 달려볼 수 있겠어!"

이위령이 달려오는 말 떼를 보며 소리쳤다.

타르두가 몰아오는 말 떼는 순식간에 적풍 앞으로 다가왔다.
그러자 적풍이 명을 내렸다.

"모두 말에 오른다."

적풍의 명이 떨어지자 십자성의 무사들이 능숙하게 말의 고
삐를 낚아채 말 위로 날아올랐다.

적풍 역시 한 마리 준마의 고삐를 잡은 후 가볍게 말 등에
올랐다.

히히힝!

갑작스레 사람을 태운 말들이 곳곳에서 비명을 질러댔다. 그
러나 십자성의 전사들은 능숙하게 말을 진정시키고 적풍 곁으

로 모여들었다.

그러자 적풍이 십자성의 전사들을 보며 말했다.

"정확히 반 시진. 그 안에 이곳을 불태운다. 이후에는 산 능선을 따라 회군한다. 시간이 늦으면 전선에 나가 있는 원주족들이 본진을 구하기 위해 되돌아올 수 있다. 그들에게 그 시간을 주어선 안 된다. 그러니 정확하게 반 시진 후에 진영 북쪽에 모인다."

"예, 성주!"

"좋아, 시작한다."

적풍의 명이 떨어지자 십자성의 무사들이 세 무리로 갈렸다. 그리고 각자 다른 방향으로 말을 몰아가기 시작했다.

일군은 적풍을 따라 움직였고, 이군은 구룡을 따라 이동했다. 그리고 삼군은 이위령과 소두괴의 지휘 아래 적들을 향해 돌진했다.

그렇게 말을 탄 십자성의 무사들이 원주족의 진영을 돌파하기 시작하자 원주족 진영이 순식간에 불길에 휩싸였다.

십자성 무사들의 질주는 거침이 없었다.

원주족들의 반발이 가끔 있기는 했지만 사자검을 앞세운 적풍과 불의 검을 앞세운 구룡, 그리고 명계 무림에서 잔뼈가 굵은 이위령과 소두괴가 이끄는 십자성 고수들을 제대로 막아서는 자는 없었다.

그리고 그것보다 더 무서운 것은 두려움이었다.

원주족 사이에 어느새 적풍 일행의 정체가 알려졌다. 기습자

중 두 명의 신검주가 포함되어 있다는 소문이 퍼지자 감히 십자성 전사들을 막아서는 자들이 없었다.

더군다나 진영에 남아 있던 원주족들은 전선에 나가 있는 자들에 비해 나약한 자들이었으므로 더더욱 십자성 고수들의 질주를 막을 자는 없었다.

원주족의 군마는 사방으로 흩어졌고, 양식은 불탔으며, 전선에서 돌아온 자들이 쉬어야 할 군막 역시 불길에 사라졌다.

사방에 세워놓은 방책 역시 오 할 이상 무너졌을 때쯤 십자성의 무사들은 적풍의 명대로 진영의 북쪽 경계선을 향해 달리기 시작했다.

제4장
영웅의 시간

적풍과 십자성 무사들은 원주족의 진영 북쪽 경계에서 불타는 적진을 바라보고 있었다.

원주족의 고함과 화염으로 인해 마치 지옥을 보는 것 같았다. 그로 인해 자신들이 만든 풍경이지만 마치 새로운 세상을 보는 것 같은 느낌이 드는 십자성의 무사들이다.

그러는 사이 어느새 전선에서 돌아온 일부 원주족 전사들이 적풍 등이 있는 곳을 향해 달려오고 있었다. 일천에 가까운 숫자로 십자성의 전력으로 정면으로 마주치면 감당하기 어려운 숫자였다.

적풍은 이제야말로 떠나야 할 때라는 것을 깨달았다. 조금만 더 지체하면 분노에 찬 원주족에게 포위될 수도 있었다. 적진을 뚫는 것이야 어려운 일은 아니지만 그 와중에 제법 많은 숫자의 십자성 무사들을 잃을 수도 있었다.

"출발한다."

적풍이 몰려오는 적들을 보며 명을 내렸다.

그러자 언제나 그렇듯 노인 타르두가 길을 잡아 앞서 달리기 시작했다. 그 뒤를 따라 와한과 파간이 타르두를 호위하듯 바짝 좇았다.

타르두 노인의 능력이 최대한 발휘됐다. 노인 타르두는 도저히 길이 없을 것 같은 곳에서도 길을 찾아냈다. 그는 주변의 지형을 보는 것만으로도 자연스럽게 길을 만들어내는 능력을 가지고 있었다.

위태로운 절벽, 험준한 계곡, 우거진 수림 속에서도 노인 타르두는 망설임이 없었다.

그가 인도하는 대로 길을 잡은 십자성 고수들은 말에서 단한 번도 내리지 않고 원주족 진영을 벗어나 화염과 비명 소리, 그리고 붉은 피가 흐르는 작은 강의 전장에 도착해 있었다.

쿵쿵쿵!

어지럽게 석포를 쏘아내는 투석기 소리, 여전히 하늘 가득 날아가는 화살들, 그리고 그 와중에 백병전으로 얽혀 있는 전사들. 전장의 모습은 적풍과 그 일행이 토호족이 만든 지하도를 통과해 적진을 기습할 때와 비슷해 보였다.

그러나 자세히 보면 전세는 확실히 변해 있었다. 곳곳에서 칠왕의 전사들이 승기를 잡아가고 있었고, 원주족 중 일부는 어느새 퇴각 준비를 하고 있는 듯 보였다.

본진이 불타고 있다는 소식이 이미 원주족에게 전해진 것이 분명했다.

그럼에도 불구하고 몇몇 곳에서는 여전히 치열한 공방전이 벌어지고 있었는데, 아바르의 전사들이 적의 본진과 맞서 싸우고 있는 곳도 그랬다.

아바르의 전사들은 적의 주력이랄 수 있는 강력한 원주족 전사들인 우구족과 원주족 중 가장 세력이 많은 대화족을 상대하고 있었다.

무공으로는 대화족을 능가하고 숫자로는 우구족을 능가하는 아바르의 전사들이었지만, 그 두 종족이 하나로 모이자 용맹한 아바르의 전사들도 쉽게 승부를 내지 못하고 있었다.

만약 원주족의 본진이 공격당해 원주족들의 사기가 떨어지지 않았다면 어쩌면 신혈의 아바르가 패할 수도 있는 우구족과 대화족의 조합이었다.

"구룡!"

적풍이 구룡을 불렀다.

"예, 성주!"

"선봉에 선다."

"예, 성주!"

"타르두 노인."

"예, 성주!"

이번에는 노인 타르두가 앞으로 나서며 대답했다.

"흑수족을 데리고 진영에 돌아가 계시오."

"저희들도 싸우겠습니다."

타르두가 다부진 표정으로 말했다.

"이 싸움에선 흑수족의 희생이 필요치 않소. 가볍게 한 바퀴 돌고 갈 테니 진영에서 기다리시오. 오늘 흑수족은 할 수 있는 모든 것을 했소."

적풍은 단호했다. 그러자 타르두가 어쩔 수 없다는 듯 적풍의 말에 수긍했다.

"그럼 알겠습니다. 진영으로 돌아가 있겠습니다. 부디 조심하십시오."

"수고했소."

적풍이 고개를 끄떡여 보이자 타르두가 검게 그을린 얼굴을 하고 있는 흑수족을 보며 명을 내렸다.

"돌아간다."

짧은 명이 떨어지자 흑수족 전사들이 적풍에게 일제히 고개를 숙여 보인 후 말을 몰아 십자성의 진영이 구축된 산 중턱의 숲을 향해 말을 달리기 시작했다.

그렇게 흑수족이 떠나자 적풍이 남은 십자성 무사들에게 말했다.

"지금까지완 다른 싸움이 될 것이다. 일단 아바르의 싸움에 뛰어들면 원주족이 물러갈 때까지 싸운다. 이 한 번의 싸움, 이 전쟁에서 가장 위험한 싸움을 될 테니 모두 단단히 각오하도록!"

"이를 말입니까? 뭐, 원주족 놈들 쯤이야……."

"한 명도 죽는 사람이 없어야 한다."

"예, 성주!"

십자성의 무사들이 일제히 대답했다.

"좋아, 출발한다."

적풍의 명이 떨어지자 구룡을 선두로 십자성의 고수들이 일제히 전장을 향해 돌진하기 시작했다.

구룡을 선두로 한 십자성의 무사들은 거침없이 아바르와 원주족 사이로 뛰어들었다. 그리고 강력한 기세로 원주족을 휩쓸기 시작했다.

불의 검을 휘두르는 구룡의 힘은 놀라웠다. 타고난 신력과 신검의 힘이 합쳐지자 그의 앞을 가로막는 원주족은 존재하지 않았다.

그가 가는 곳마다 길이 열리며 원주족이 쓰러졌다. 그의 뒤를 따르고 있는 다른 십자성 무사들 역시 원주족이 상대하기에는 역부족이었다. 원주족의 그 누구도 십자성 전사들의 앞을 막아서지 못했다.

갑자기 나타나 원주족을 낙엽처럼 베어버리는 십자성 무사들의 등장을 아바르의 전사들이 환호로 맞았다.

"와아아! 사황자께서 오셨다!"

아바르의 전사들이 적풍의 등장을 알아채고는 적풍의 이름을 연호했다.

그러자 원주족 진영에서도 변화가 생겼다.

갑자기 원주족 진영이 소란스러워지더니 일단의 원주족 전사들이 십자성 전사들을 향해 일직선으로 달려오기 시작했다.

"우구족입니다."

어느새 다가왔는지 단우하가 적풍의 곁으로 다가들며 말했다.

"원주족 최강의 전사라는?"

"그렇습니다. 더불어 우구족 카르의 아들을 사황자께서 제압하셨지요. 저자가 우구족 카르 누신입니다. 사로잡은 누벽의 아버지지요."

단우하가 우구족의 전사들을 이끌고 가장 앞서 달려오고 있는 거친 모습의 노인을 보며 말했다.

"날 알아본 모양이군."

"그런 듯합니다. 복수를 하려는 것 같습니다만……."

"복수, 좋은 동기지. 하지만 난 저런 자와 실랑이를 하고 싶은 생각이 없어. 구룡, 우구족의 카르를 상대하라!"

적풍이 이미 피투성이가 된 채 불의 검을 휘두르고 있는 구룡에게 소리쳤다.

그러자 구룡이 잠시 검을 멈추고 적풍을 바라봤다.

적풍이 사자검을 들어 십자성 고수들을 향해 돌진해 오는 누신을 가리켰다. 순간 구룡의 입가에 한 줄기 미소가 지어졌다. 마치 원하던 사냥감을 찾은 듯한 표정이다.

"감사합니다!"

구룡이 소리쳤다.

"조심해라."

적풍이 경고했다.

그러자 구룡이 대답했다.

"이래 봬도 잠깐이지만 신검의 주인입니다. 원주족 족장쯤이야, 하앗!"

구룡이 대답하며 말을 몰아 누신을 향해 돌진했다. 그러자 그를 따라 다른 십자성 고수들도 일제히 우구족 전사들을 향해 말을 달리기 시작했다.

카카캉!

한순간 십자성 전사들과 누신이 이끌고 온 우구족의 전사들이 강렬하게 충돌했다.

물론 대부분의 경우 격돌은 십자성 전사들의 승리로 이어졌다. 무공을 수련한 십자성 무사들의 능력은 제아무리 강한 우구족이라고 해도 쉽게 감당할 수 없었다.

그러나 우구족의 족장 누신은 달랐다. 그의 검이 번뜩이는 순간 앞서 달리던 십자성의 무사 한 명이 쓰러졌다. 그리고 다시 두 번 검을 휘두르자 다른 십자성의 무사 둘이 어김없이 말에서 떨어졌다.

강렬한 모습만큼이나 강한 힘을 지닌 누신이다. 하지만 그런 누신의 괴력은 세 명의 십자성 무사를 쓰러뜨리는 것으로 끝이 났다.

콰앙!

누신이 재차 십자성 무사들을 향해 검을 휘두르려는 순간, 그의 검이 붉은색의 검신에 가로막혔다.

누신은 강력한 반격에 막혀 말에서 떨어질 정도로 휘청거리다가 훌쩍 몸을 날려 스스로 말에서 날아 내렸다. 그 날렵함이 강호의 절대고수 못지않았다.

그런 누신 앞에 구룡이 말을 탄 채 불의 검을 들고 우뚝 서 있다.

"네놈이 십자성의 성주냐?"

누신이 구룡을 보며 노기를 터뜨리며 물었다.

"성주께서 겨우 당신 따위를 상대하러 나오시겠는가?"

구룡이 태연하게 대답했다.

"네놈의 검… 신검이 아니란 뜻이냐?"

누신이 다시 물었다.

구룡이 들고 있는 검은 누가 봐도 신검의 모습을 하고 있었다. 그리고 신검이라면 당연히 십자성주의 손에 들려 있어야 한다고 생각하는 누신이다.

"불의 검이 맞다. 성주께서 잠시 내게 맡기셨지."

"신검을… 타인에게 맡겨?"

누신이 믿을 수 없다는 듯 되물었다. 이 땅의 전사들에게 신검을 타인에게 맡긴다는 것은 상상할 수 없는 일이었다.

"성주께선 그런 분이시다."

구룡이 도도한 표정으로 말했다. 그러자 누신이 잠시 구룡을 노려보더니 검을 까딱이며 말했다.

"길을 비켜라. 난 너 따위 애송이를 상대할 여유가 없다. 십자성주란 자를 보겠다."

"글쎄, 성주께선 그대와 같은 자를 상대하지 않는다니까!"

"그가 내 아들을 베었으니 적어도 날 만날 이유는 되지 않겠느냐?"

"아들? 아, 누벽이란 자?"

"아들을 벤 자를 아비가 베겠다는 것을 막겠느냐?"

"당신, 뭔가 잘못 알고 있군."

"…누벽을 벤 것이 십자성주가 아니란 뜻이냐?"

"아니, 그게 아니고, 누벽이란 자는 살아 있어."

"뭐?"

누신이 크게 놀라 황급히 되물었다.

"살아 있다고, 당신 아들. 그 덕분에 우린 원주족 본진의 사정을 상세히 알 수 있었지. 그래서 지금 그곳을 불사르고 오는 길이고 말이야."

"설마… 누벽이 배신을 했다는 뜻이냐?"

"배신은 무슨, 그냥 자신이 알고 있는 것을 말하게 된 것이지."

구룡이 누벽의 상황을 정확하게 말했다.

"죽은 것이 아니라 포로가 되어 원주족을 비밀을 말했다?"

"그래도 죽은 것보다는 낫지 않은가?"

구룡이 묻자 누신이 고개를 저었다.

"아니, 살아서 배신자가 되는 것보다는 죽는 것이 낫지. 그게 우구족의 전사가 선택할 길이다. 그런데……."

누벽이 살아 있다는 사실에 화가 나는지 누신이 어금니를 물었다.

"아들이 살아 있다는데 화를 내는 사람도 있군."

구룡이 중얼거리자 누신이 구룡을 바라보며 말했다.

"아들이 원주족에 죄를 지었다면 그에 상응하는 공을 세워야겠지. 널 죽이고 신검을 가지고 돌아가겠다."

"그야말로 내가 바라던 바다. 그대에게 그럴 능력이 있을지 모르겠지만."

"너 따위 애송이는 신검이 아니라 다른 어떤 것을 가지고 있어도 내 상대가 되지 못한다. 쿠우우!"

한순간 누신의 입에서 괴물이 울부짖는 듯한 소리가 일어났다. 순간 그의 몸이 꿈틀거리더니 마치 모든 뼈마디가 자라난 것처럼 그의 체구가 확연히 커져 보였다.

"무공인가?"

"무공 따위 난 모른다."

누신이 중얼거렸다. 그러는 사이 그의 몸은 더욱 사나워졌고, 그 몸에서 흘러나오는 음울한 기운이 사방으로 번져 나갔다.

"역시 우구족이군. 그 카르는 하늘의 신력을 받고 태어난다더니."

구룡이 중얼거렸다.

그러고는 훌쩍 말에서 날아내려 누신 앞에 섰다.

"신검의 힘 따위로는 감히 날 상대할 수 없을 것이다, 애송이!"

마주 선 구룡을 향해 누신이 괴물처럼 으르렁거렸다.

그러자 갑자기 구룡이 불의 검을 거둬들였다. 그리고 불의 검을 얻기 전 자신이 사용하던 검을 뽑아 들었다.

"나도 신검에 의지해 그댈 상대하고 싶지 않군."

"크흐으, 용기는 가상하다만… 견뎌봐라!"

지이잉!

누신의 검이 기묘한 소리를 내며 구룡을 향해 날아들었다.

그러자 구룡이 누신을 향해 달려들기 시작했다.

그것은 누가 보아도 무모한 움직임이었다. 적의 기세가 한껏 올라 있다. 그것도 상대가 원주족 최고의 전사로 꼽히는 누신이다. 그런 자를 향해 불의 검을 거두고 보통의 검을 든 것만 해도 무모한 듯 보이는데 구룡은 전진까지 하고 있었다.

"이놈! 죽어라!"

누신이 야수처럼 외치며 자신을 향해 달려드는 구룡을 향해 검을 내려쳤다.

순간 구룡이 마치 적의 기세에 밀려 쓰러지듯 땅에 몸을 뉘였다. 그러면서도 그의 몸은 전진하는 속도를 늦추지 않았다.

촤악!

구룡의 몸이 누신의 허리 아래로 미끄러져 지나쳤다. 순간 누신의 검이 구룡의 어깨를 가르며 지나쳤다.

팟!

구룡의 갑옷이 어깨에서부터 길게 찢어졌다. 그러나 급격하게 몸을 낮춘 덕에 갑옷 안쪽 근육은 상하지 않았다.

그렇게 누신의 공격을 흘려보낸 구룡의 반격이 시작됐다. 그가 막 누신의 허리 아래를 눕듯 지나칠 때였다.

웅!

구룡이 몸을 뉘인 채로 누신의 두 다리를 아래에서 베었다. 순간 누신이 허공으로 떠올랐다.

그러자 구룡이 몸을 둥글게 말더니 한순간 두 발로 땅을 차며 허공으로 솟구쳤다.

그렇게 단번에 누신을 따라붙은 구룡이 강력한 일검을 휘둘렸다.

"놈!"

누신이 구룡의 공격을 무시하지 못하고 재빨리 검을 들어 구룡의 검을 막았다.

콰앙!

검과 검이 충돌하면서 강력한 파열음이 터져 나왔다. 그리고 이번에는 앞서와 달리 두 사람이 마치 허공에 정지한 듯 팽팽한 균형을 이뤘다.

불의 검이 없는 상태에선 구룡도 누신을 밀어낼 수 없었다. 그럼에도 불구하고 당황한 것은 누신이었다.

앞서의 충돌에서 자신이 밀린 것은 오로지 신검 불의 검의 존재 때문이라 생각한 누신은 보통의 검을 들고도 자신의 힘을 견뎌내는 구룡에게 당황할 수밖에 없었다.

더군다나 시간이 지날수록 자신을 눌러오는 구룡의 힘이 더욱 강해지고 있었다.

"네놈은… 대체 누구냐?"

누신은 갑자기 이 놀라운 힘을 가진 청년의 정체가 궁금해졌다.

"난 아바르 석불성 출신, 십자성의 전사 구룡이다!"

"구룡……."

누신이 구룡의 이름을 되뇌었다. 그러나 그로서는 전혀 들어보지 못한 이름이었다.

"너 같은 자의 이름이 왜 세상에 알려지지 않았지?"

누신이 혼잣말처럼 중얼거렸다. 그러자 구룡이 한 줄기 미소를 지으며 말했다.

"오늘 이후로는 나 구룡의 이름을 모두가 알게 될 것이다! 우구족의 카르 누신을 죽인 전사의 이름으로!"

"이놈!"

누신이 분노로 이글거리는 눈으로 구룡을 노려보며 자신의 검을 힘껏 밀어냈다.

그러나 구룡의 검은 꿈쩍도 하지 않았다. 대신 누신이 결국 한쪽 무릎을 꿇었다.

그때 누신의 위기를 본 우구족의 전사들이 죽음을 무릅쓰고 누신을 구하기 위해 달려들었다.

그러나 그 순간 한 줄기 검은 기운이 우구족 전사들 위로 떨어져 내렸다.

"크아악!"

누신을 구하기 위해 달려들던 우구족의 전사 서넛이 거의 동시에 땅에 뒹굴었다. 그로 인해 다른 우구족 전사들의 전진 역시 정지했다. 그런 그들 앞에 말을 탄 적풍이 나타났다.

"두 사람의 승부다. 아무도 방해하지 못한다."

적풍이 경고하듯 우구족 전사들에게 말했다. 그 기운이 너무나 차갑고 강렬해서 원주족 중 가장 강력한 전사라는 우구족의 전사들조차도 뒷걸음질을 쳤다.

그리고 그 순간 구룡과 누신의 싸움이 끝났다.

퍽!

그야말로 허무한 결말이었다. 더 이상 구룡의 힘을 감당할 수 없게 된 누신이 마지막 선택으로 몸을 뒤로 굴려 구룡의 공

격에서 벗어나려는 순간, 그보다 더 빨리 구룡의 검이 그의 가
슴을 찌른 것이다.

"욱!"

누신의 입에서 신음이 흘러나왔다.

"네놈은 대체……."

누신이 도저히 지금의 현실을 받아들일 수 없다는 표정으로
구룡을 보며 중얼거렸다.

누신으로서는 그동안 대카르 사칸을 제외하면 원주족은 물
론 칠왕의 전사 중에서도 자신을 상대할 자가 없다고 자부하
고 있었다. 신검주들조차도 자신의 충복들과 함께라면 능히 승
리할 거라 생각하던 누신이다.

그런데 오늘 신검을 가지고도 그것을 쓰지 않은 새파란 젊
은 놈에게 패했으니 누신이 받은 충격은 엄청났다.

하지만 그는 알지 못했다. 타고난 신혈의 기운으로만 보자면
신혈의 아바르에서도 구룡을 따를 자가 없다는 것을. 단지 그
동안 선천적인 결함으로 인해 그 신혈의 기운을 제대로 쓰지
못했다는 것을.

"죽이지는 않겠다. 그래도 아들은 만나야 할 테니까. 그래야
죽지 못하고 포로가 된 아들의 입장을 이해할 것 아닌가?"

구룡이 누신을 보며 말했다.

"차라리 죽여라!"

누신이 치욕을 당하기 싫다는 듯 소리쳤다.

"아니. 당신은 죽지 않아. 대신 잠시 잠이나 자라고."

퍽!

구룡의 주먹이 누신의 뒷덜미를 내려쳤다. 그러자 누신이 맥없이 정신을 잃고 그대로 무너져 내렸다.

구룡은 정신을 잃은 누신을 들고 자신의 말이 있는 곳으로 가더니 누신을 그 위에 올렸다. 그러고 자신도 말 등에 오르더니 큰 소리로 외쳤다.

"우구족의 카르 누신은 항복했다! 그러니 너희들도 검을 버려라!"

물론 우구족의 전사들도 누신이 항복한 것이 아니라 사로잡혔다는 것을 알고 있었다. 그러나 구룡의 입에서 항복이란 말이 흘러나오는 순간 마치 정말 누신이 목숨을 구걸해 항복을 한 것처럼 여겨졌다.

그런 마음이 드는 순간 우구족의 전사들이 택할 수 있는 방법은 오직 하나였다. 항복, 혹은 후퇴. 뭐라 부르든 우두머리를 잃은 그들은 조금이라도 빨리 이 전장을 벗어나길 원했다.

마치 그럼으로써 그들에게 닥친 오늘의 악몽에서 벗어날 수 있는 것처럼.

누가 명령을 내리지도 않았다. 그저 본능이 우구족의 전사들을 후퇴하게 만들었다. 그러자 덩달아 우구족과 함께 싸우고 있던 대화족의 전사들도 뒤로 물러나기 시작했다.

한쪽 둑이 무너지자 둑 전체가 급격하게 허물어지기 시작했다. 우구족과 대화족의 후퇴가 가져온 파장은 컸다. 전장 전체에서 원주족 전사 전체가 썰물처럼 빠지기 시작한 것이다.

칠왕의 전사들이 맹렬한 추격을 시작했다. 그리고 그중 가장 눈에 띄는 사람들은 십자성의 전사들이었다.

특히 다시 불의 검을 꺼내 든 구룡의 위용은 특별했다. 그의 앞을 막아서는 자가 아무도 없었다. 그는 적진 깊숙이 들어가 마치 양 떼를 사냥하는 호랑이처럼 움직였다.

물론 칠왕 진영에 구룡만큼의 능력을 가진 사람이 없는 것은 아니었다. 다른 신검주들은 구룡의 힘을 능가할 수도 있었다.

그러나 가진 힘과 달리 이렇게 전장에서 무모할 정도의 돌진을 보일 수 있는 사람은 오직 구룡밖에 없었다.

이유는 단 하나, 다른 신검주들은 자신의 왕국을 책임지는 왕이었기 때문이다.

한 무리의 우두머리가 난전에 뛰어들어 싸움에 몰두하는 것은 무책임한 행동이다. 그들은 전황을 살피고 전사들의 진퇴를 결정하는 사람이어서 행보에 제약이 많았다.

그러나 구룡은 달랐다. 그는 한 왕국의 왕도 아니었고 이 전쟁 전체를 책임지는 수뇌도 아니었다. 더군다나 그는 젊었다. 구룡은 그 젊음이 만들어내는 강렬한 투기를 억누를 아무런 이유가 없었다.

그래서 구룡은 어느새 이 싸움에서 가장 주목받는 젊은 영웅이 되어 있었다. 그것이야말로 적풍이 원한 그림이다.

그런데 현명한 사람들은 구룡 말고 다른 한 젊은이를 눈여겨보고 있었다.

어느새 적풍의 곁을 떠나 구룡과 와한, 그리고 파간 등 십자성의 젊은 무사들과 함께 전장을 누비는 적사몽이었다.

적사몽은 역시 특별했다. 그러나 그 특별함은 오직 눈이 밝은 사람만이 볼 수 있었다.

전장에서 적사몽은 고요했다. 그의 검에 쓰러져 가는 적의 수가 십 수 명을 넘었지만, 또한 폭풍 같은 질주를 보여주는 구룡 등에 섞여 있음에도 불구하고 사람들 눈에 적사몽은 마치 전장을 산책하는 듯한 느낌을 주고 있었다.

그건 적사몽이 이 전장의 광란 속에서도 자신의 마음을 온전히 지키고 있다는 뜻이고, 그의 눈과 정신이 침착하게 주변의 변화를 읽고 있다는 뜻이기도 했다.

그런 모습은 그의 나이와 신혈의 기운을 생각하면 무척 특별한 것이었다.

"정말 좋은 수하들을 두셨습니다."

매캐한 전장의 내음 속에서 문득 한 줄기 목소리가 들려왔다. 적풍이 고개를 돌리니 적의 본진 기습에는 참여하지 않은 타림성의 야르간이 어느새 적풍을 찾아 전장에 내려와 있었다.

"어쩐 일이시오?"

보급은 몰라도 전쟁터는 타림성 상인들의 몫이 아니었다. 그러니 야르간이 십자성의 진영을 벗어나 전장의 한복판으로 들어온 것은 뜻밖의 일이었다.

"제대로 싸움을 보자면 역시 전장 속으로 들어와야지요."

"호기심이오, 아니면 상인으로서의 행보를 위한 것이오?"

"둘 다지요. 하지만 지금에 와서는 다른 것은 눈에 보이지 않는군요. 오직 십자성의 젊은 전사 분들에게만 눈길이 갈 뿐입니다. 아마도… 이 전쟁이 끝나면 많은 사람들의 입에 십자성의 전사들이 오르내릴 겁니다."

"뛰어난 아이들이오."

적풍이 자부심이 드러나는 목소리로 말했다.

"그중에서도 특히 한 사람이 특별하군요."

"구룡 말이오?"

누가 봐도 지금 이 전장에서 가장 눈에 띄는 사람은 구룡이
었다. 그의 용맹함, 그의 힘, 그리고 그의 손에 들린 불의 검,
그 누구라도 구룡을 주목할 수밖에 없었다.

"물론 구룡 대협이 대단하기는 하지요."

"그럼 다른 사람이란 뜻이오?"

적풍이 의외라는 표정으로 되물었다.

"그렇습니다."

"궁금하구려. 상주의 시선을 사로잡은 사람이 누군지."

적풍이 호기심을 드러냈다.

"뭐, 모르는 사람은 아닙니다. 이미 알고 있는 사람이지요.
성주님의 아드님 말입니다."

"사몽?"

"그렇습니다."

야르간이 대답하자 적풍이 호기심이 일어나는 표정으로 다
시 물었다.

"왜 사몽이 눈에 들어오시오?"

"침착하니까요."

"음……."

적풍이 가만히 고개를 끄떡였다. 그로서는 야르간이 자신이

본 것을 보았다는 것을 깨달았다.

"보통의 경우 사몽의 나이 정도 되는 청년들은 이런 전쟁에서 본래의 마음을 지키기 어렵지요. 특히 승리가 예상되는 싸움에서는 더더욱 그렇습니다. 전쟁의 열기에 휩쓸리는 것이 오히려 당연한 일일지도 모르지요. 그런데 사몽은 그렇지 않는군요. 사실 조금 놀랐습니다. 여행을 할 때는 보지 못한 모습이어서. 어떤 계기라도……?"

야르간이 그동안 사몽에게 특별한 일이라도 있었냐는 듯 적풍을 보며 말했다.

"그동안 일이 아주 없던 것은 아니오. 들었겠지만 사몽의 피를 원하던 자가 죽었소."

"그 이야기는 들었습니다."

십면불 도광에 대한 이야기다.

"그리고… 나에게 무공을 배우고 루에게 의술을 조금 배우긴 했는데… 어쩌면 사몽의 내면에 그런 침착함이 이미 있었는지도 모르겠소. 나이가 들고 환경이 안정을 찾으니 자연스레 드러나는 것일 수도."

"성주께서도 그간 보지 못하셨습니까?"

야르간이 다시 물었다.

"물론 사몽의 특별함은 느끼고 있었소. 왜냐하면 내가 아는 한 사람과 너무 닮아서 마치 그의 어린 시절을 보는 듯했으니까 말이오. 그는 지금에 와서는 이 세상에서 가장 침착하고 현명한 사람이 되었고."

"그가 누굽니까?"

야르간이 물었다.

"그런 사람이 있소."

적풍이 굳이 밀교의 문의 수호자 월문 법황 허소월에 대해 말할 필요는 없었다. 적풍이 대답을 회피하자 야르간이 조금 서운한 표정을 지으며 말했다.

"알겠습니다. 아무튼 사몽의 모습은 뜻밖이라 조금 놀랐습니다. 그리고……."

"그리고 무엇이오?"

"그게 어쩌면 타림성의 성주님과 무척 잘 어울리는 사람이 아닌가 하는 생각이 드는군요."

"아름다운 송령?"

"그렇습니다."

아름다운 송령이라는 말이 타림성의 성주를 낮춰 부르는 말이라는 것을 알고 있지만 야르간은 크게 화를 내지 않았다.

"왜 그런 생각을 하셨소? 타림성주의 나이가 어려 보이기는 해도 사몽과 타림성주는 제법 나이 차이가 있는데?"

"정확히 다섯 살 차이지요."

야르간이 대답했다.

"그러니까 말이오."

"타림성을 떠나면서 이위령 대협이 이런 말을 했지요. 십자성의 사람 중에서 성주님의 짝을 찾아보라고."

"그런 말을 했소?"

"그렇습니다. 처음에는 그저 지나가는 농담인 줄 알았는데 나중에 돌이켜 보니 진심으로 십자성의 젊은 전사들을 두고

한 말이었다는 것을 알았지요."

"싱거운 사람."

적풍이 예상치 못한 이위령의 행동에 실소를 자아냈다. 그러나 적풍과 달리 야르간은 무척 심각한 모습이었다.

"깊이 생각해 보시기 바랍니다."

"그런 건 내가 생각해 본들 소용없는 일이요. 서로 만난 적도 없는 사람들 아니오? 더군다나 살아온 삶이 다르고 사몽은 이제 겨우 어린애 티를 벗어난 처지지만 타림성의 성주는 이미 상인으로 일가를 이룬 사람이오. 아마도 타림성의 성주가 상주의 말을 들으면 크게 화를 낼 것이오."

"물론 그럴 수도 있겠지요. 하지만 제가 아는 성주님과 사몽은 무척 닮은 구석이 많아서 말입니다."

"타림성주와 사몽이 말이오?"

"그렇습니다."

"어떤 점에서 말이오?"

적풍이 되물었다.

"여러 가지 것이 있습니다만, 가장 중요한 것은 나이에 걸맞지 않은 괴물 같은 심장이지요. 그 단단한 심장으로 타림성의 성주께선 아주 어린 나이에 부모님을 잃고도 타림성의 주인이 되셨습니다. 사몽 역시 어린 시절 고난의 시간을 견뎌내고 사자의 심장을 가지게 되었으니 비슷한 면이 있지요."

"그런 면이 있기는 하구려."

적풍이 이번에는 야르간의 말에 동의했다. 그러자 야르간이 다시 입을 열었다.

"물론 인연이 어떻게 이어질지는 아무도 모르지요. 당사자들의 마음이 가장 중요하겠지요. 다만 두 사람이 제법 잘 어울릴 것 같다는 생각이 든다는 겁니다."

"뭐, 나중에라도 만날 기회가 있겠지. 두고 봅시다. 일단은 이 전쟁에서 이기는 것이 중요하니까."

적풍이 아름다운 송령과 적사몽에 대한 이야기를 그치고 다시금 전장으로 관심을 돌렸다.

칠왕의 전사들은 이미 강에서 멀리 북쪽까지 적을 추격해 가고 있었다.

"오늘 전쟁이 끝날 수도 있겠군요. 이대로라면 적진은 물론 앙굴루까지도 밀고 들어갈 수 있을 것 같습니다만……."

"그렇지 않소."

야르간의 말에 적풍이 단호하게 고개를 저었다.

"하지만 이미 승부가 기울어진 싸움이지 않습니… 아!"

갑자기 야르간이 입을 닫았다. 그가 말을 삼키게 만든 변화가 전장에서 일어났기 때문이다.

쿠오오!

검은 구름이 하늘이 아닌 땅에서 밀려오는 것 같았다. 그리고 그 검은 구름에 휩싸인 칠왕의 전사들이 비명을 지르며 쓰러졌다.

둥둥둥!

사방에서 후퇴를 알리는 북소리가 어지럽게 들려왔다. 그러자 원주족 추격에 열을 올리던 칠왕의 전사들이 빠르게 뒤로 물러나기 시작했다.

대지를 휩쓸던 검은 구름은 그렇게 칠왕의 전사들을 일정거리까지 밀어내고 나서 서서히 뒤로 물러나기 시작했다.

"대카르 사칸이란 자인가요?"

야르간이 갑작스레 일어난 전장의 변화에 놀라 적풍에게 물었다.

"아마도 그럴 거요."

"엄청나군요."

야르간이 두려운 표정으로 중얼거렸다.

"괜히 어둠의 마룩이란 이름이 수백 년간 이 세상에 공포의 이름으로 전해졌겠소? 저런 정도의 힘은 있어야지."

"그런데 왜 미리 저 힘을 쓰지 않았을까요?"

야르간이 의아한 표정으로 물었다.

"아마도 저 정도의 위력을 발휘하려면 그 자신도 위험을 감수해야 하기 때문일 거요. 원주족들이 후퇴할 시간 정도는 벌겠지."

적풍의 예언은 적중했다.

추격하는 칠왕의 전사들을 향해 밀려오던 검은 구름이 일정한 거리를 전진한 후 더 이상 움직이지 않았다.

그럼에도 불구하고 칠왕의 전사들은 감히 적을 향해 다시 검을 들이대지는 못했다.

칠왕 역시 전사들에게 추격을 명하는 대신 안전한 회군을 선택했다.

둥둥둥둥!

거대한 북소리가 연신 전장에 울려 퍼졌다. 추격에 나선 칠왕의 전사들이 회군하는 소리였다. 북소리에 맞춰 곳곳에서 승리의 함성이 터져 나왔다.

원주족과의 싸움을 시작한 이래 오늘처럼 큰 승리를 거둔 적이 없었다. 원주족들은 자신들의 본진에조차 머물지 못하고 그보다 더 북쪽으로 물러가고 있었다. 마치 이 전쟁이 끝난 것 같은 느낌이 들 정도의 승리였다.

그러나 사람들은 알고 있었다. 이 환호성조차도 내일이면 잊히고 다시 원주족과의 싸움이 시작될 것이라는 것을. 마룩의 정념을 깨웠다는 대카르 사칸이 건재한 이상 이 싸움은 결코 쉽게 끝날 싸움이 아니었다.

그래서 칠왕의 전사들이 모두 회군하자 칠왕은 아바르의 제왕 전왕 적황의 막사에 다시 모여들었다.

적황의 막사에 모인 칠왕의 표정은 밝았다. 비록 여전히 싸움은 계속될 테지만 오늘 적에게 궤멸에 가까운 피해를 입히며 승리를 거뒀기에 이젠 전사의 숫자로도 원주족에게 밀릴 이유가 없었다.

그건 곧 칠왕의 땅이 큰 위험에서 벗어났다는 의미였다. 그러나 칠왕 중 누구도 이쯤에서 싸움을 중지할 생각은 없었다.

이번에 큰 타격을 입은 원주족이지만 그들에게 시간을 준다면 대카르 사칸의 그늘 아래서 다시금 거대한 세력을 일궈낼 것이기 때문이다.

승기를 잡았을 때 싸움을 끝내야 하는 것, 그것이 어떤 전쟁에서든 지켜야 할 철칙이다.

"어서들 오시오. 모두들 수고하셨습니다. 대승을 축하드리오."

전왕의 막사에 모여든 칠왕을 반기는 특별한 인물이 있었다.

현월문주 가륵이다. 가륵은 마룡협에 칠왕의 진지가 완성된 이후에는 마룡협을 떠나 있었다.

칠왕은 간혹 가륵의 행방이 궁금했지만 분명 그에게 특별한 계획이 있을 거란 생각에 전장을 떠난 가륵을 비난하는 사람은 없었다.

"오랜만에 뵙는구려. 언제 돌아오셨소이까?"

석림의 왕 석두인이 가륵을 보며 물었다.

"방금 전에 이곳에 도착했소이다. 그래서 칠왕께서 장쾌한 승리를 거두시는 것을 다 보지는 못했소. 아쉬운 일이오."

가륵이 진심으로 아쉬운 듯한 표정을 지어 보였다. 그러자 적황이 입을 열었다.

"자자, 전장을 달리느라 피곤하실 테니 일단 편히 앉읍시다."

적황의 권유에 칠왕이 피곤한 몸을 푹신한 의자에 기대어 앉았다.

"아무튼 이번에는 정말 제대로 된 승리를 거둔 것 같소. 이제 놈들이 감히 칠왕의 땅을 공격할 엄두를 내지 못할 것이오."

천인총의 사삼우가 호기롭게 말했다.

"맞소이다. 이젠 놈들의 뿌리를 뽑을 계획을 세워야 할 때요."

오손의 왕 하막이 고개를 끄떡이며 말했다.

"하지만 그게 어디 쉽겠소? 놈들이 싸움에 나서지 않는다면 우리가 공격을 해야 하는데 그건 지금까지의 싸움과는 전혀 다른 싸움이 될 것이오."

헤루안의 왕 공령이 신중하게 말했다.

"맞는 말이오. 사실 이번 승리도 십자성주께서 적의 본진을 기습하지 않았다면 쉽지 않았을 것이오."

해풍신검의 주인 장유황의 말에 칠왕이 모두 적풍을 바라봤다.

이제 그들의 눈에 적풍에 대한 무시나 경계의 빛 같은 것은 보이지 않았다. 이번 한 번의 싸움으로 칠왕은 적풍이 그들과 같은 반열의 신검주임을 마음으로부터 인정하고 있었다.

"성주, 수고하셨소이다. 십자성 전사들은 오늘 이 땅의 영웅으로 다시 태어난 것 같소이다. 정말 놀라운 활약이었소."

이미 십자성과 밀접한 인연을 맺고 있는 헤루안의 왕 공령이 적풍에게 말했다.

"모두가 함께 얻는 승리지요. 단지 맡겨진 일이 달랐을 뿐. 사실 공이라면 우리 십자성보다 적의 본진까지 땅 밑 길을 뚫은 토호족의 공이 제일 클 겁니다."

"음, 그렇긴 하구려."

공령이 적풍의 말에 동의했다. 그러자 기다렸다는 듯이 가륵이 입을 열었다.

"원주족의 일부를 칠왕의 동료로 받아들인 것은 참 잘한 결정인 것 같소. 향후 그들로 인해 원주족에 대한 위협이 크게 줄어들 것이오. 전쟁이 끝난 후에도 말이오."

가륵의 말에 칠왕이 고개를 끄떡였다.

전장에서의 활약도 활약이지만 전쟁이 끝난 후 그들이 새롭게 원주족의 주력으로 자리를 잡으면 이 땅에도 영원한 평화가 깃들 수 있었다.

"그러기 위해선 역시 사칸을 제거해야 하오."

적황이 무겁게 말했다.

그러자 가륵이 대답했다.

"맞는 말씀이시오. 그래서 이제 그를 상대할 방책을 말씀드리려 하오."

제5장
풍문

　한순간 분노가 적풍의 뇌리를 스치고 지나갔다. 깊은 불신의 감정이 가슴 깊은 곳에서 솟구쳤다. 그러나 적풍은 아무런 표정의 변화 없이 가륵의 말을 듣고 있었다.

　애초에 옥서스 무극산으로 사칸을 끌어들이는 것은 이미 적풍도 동의한 일이다. 그것을 위해 십자성의 사람들을 헤루안으로 옮기기까지 했다.

　하지만 그렇다고 해도 설마 가륵이 무극산 십자성을 함정 그 자체로 사용하려 할 것이라고는 생각지 못했다.

　무극산 십자성은 비록 규모는 작지만 적풍과 십자성의 식솔들이 잠을 줄여가며 세운 성이고, 헤루안으로 옮겨 오기 전날까지도 애정을 갖고 손을 본 성이다.

　한 세력의 시작, 혹은 떠돌던 자들의 고향 같은 무극산 십자성이어서 그곳은 적풍과 십자성의 사람들에게 그저 평범한 성이 아니었다.

그런데 가륵은 그 십자성을 오직 대카르 사칸을 제거하는 데 필요한 장소로만 생각하고 있는 듯 보였다.

만약 그곳에서 사칸과 일대 접전이 벌어진다면 성은 처참하게 무너질 것이고 십자성 식구들은 돌아갈 안식처를 잃게 될 것이다.

그러나 장내의 칠왕 중 누구도 무극산 십자성이 파괴되는 것에 대해서는 관심을 두지 않는 것 같았다.

그들은 오직 가륵이 제안한 방법, 어둠의 마룩의 정념을 얻었다는 사칸을 사냥할 생각에만 빠져 다른 것에는 관심이 없었다. 그리고 그건 적황 역시 마찬가지였다.

'내가 이상한 건가?'

적풍이 스스로를 돌아봤다. 지금 이 땅에서 해결해야 할 가장 중요하고 급한 문제는 누가 뭐래도 원주족의 침략을 막아내는 것, 그리고 그들을 이끌고 있는 사칸을 제거하는 것이다.

그 목적을 위해 작은 십자성 정도는 허물어질 수도 있는 것이 아닐까. 성이란 것은 다시 쌓으면 그만인 것인데.

하지만 적풍은 이내 고개를 저었다. 물론 그런 희생이 필요하다면 십자성을 포기할 수도 있다. 그러나 그전에 가륵과 다른 왕들은 이 일에 대해 적풍과 십자성의 식구들에게 충분한 유감의 뜻을 보여야 한다. 그것이 십자성과 적풍에 대한 최소한의 예의였다.

하지만 이들은 무극산 십자성이 마치 그들 자신의 것인 양

내일 당장 허물어 버려도 될 성인 것처럼 행동하고 있었다.

'뭘 받아낼까?'

적풍은 속으로 생각했다. 그는 일단 이 일에 제동을 걸 생각이다. 하지만 그렇다고 가륵의 계획 전부를 거부할 수는 없었다. 지금으로썬 가륵의 계획이 가장 좋은 방법이었다. 그걸 부정할 수는 없었다.

그러니 결국 십자성을 내주는 대신 이들에게서 얻어낼 것은 얻어내야 한다. 그리고 그것이 무엇일까 생각해 보니 사실 딱히 이들에게서 얻어낼 것이 없었다.

'고약한 일이군. 뭐, 도람석이나 충분히 달라고 해야겠군. 석림의 석공들도 지원을 좀 받고… 남해와는 정기적인 상선의 운행 정도?'

생각해 보면 사실 그리 중요치 않은 것들이다. 그러나 그 정도 불편은 주어야 이들도 십자성이 허물어지는 것에 대한 심각성을 인정할 듯싶었다.

"그래서 결국 성의 세 방향 문을 특별히 가려 뽑은 전사들로 하여금 지키게 한 후 사칸을 성안에 가두고 승부를 보자는 것이오. 물론 무극산의 지형으로 인해 그가 성을 탈출한다 해도 무극산을 벗어나는 것은 쉽지 않을 것이오. 그가 탈출한다면 승부는 설봉쯤에서 볼 생각이오."

가륵이 자신이 생각하고 있는 큰 그림의 설명을 마치자 오손의 왕 하막이 가볍게 탁자를 치며 말했다.

"정말 좋은 계획이오. 이제 보니 그 일 때문에 그간 전장에 모습을 보이지 않으신 것이구려."

사실 그동안 칠왕과 전사들 사이에는 사칸의 법술을 상대하기 위해 꼭 필요한 현월문의 문주 가륵이 전장을 떠난 것에 대해 여러 말이 오가고 있었다.

그중에는 칠왕의 전사들에게만 희생을 강요하는 그의 행동에 대한 불만의 목소리도 있었다.

칠왕은 내분을 우려해 전사들의 불만이 밖으로 터져 나오는 것을 막고 있었으나 사실 그들 역시 내심 같은 불만을 가지고 있었다.

그런데 오늘 가륵이 사칸을 제거할 방책을 제시하고 지금까지 그것을 위해 자리를 비웠다는 것을 알게 된 이후에는 그에 대한 불만이 씻은 듯이 사라졌다.

"이 일에는 사실 세심한 준비가 필요하오. 사칸의 귀에 이 소식이 들어갔을 때 그가 함정이라는 의심을 하지 않아야 하오. 가장 좋은 방법은 그들의 첩자들이 이 소식을 사칸에게 전하는 것일 것이오."

"그게 가능하겠소?"

"이미 마룡협 너머 칠왕의 땅에 들어와 있는 사칸의 첩자 몇의 움직임을 확인해 두었소. 그들의 관심을 자연스럽게 옥서스 무극산으로 옮기면 될 것이오. 사실 이미 그들도 어느 정도의 관심을 두고 있기는 할 거요. 십자성의 성민들이 성을 비우고 헤루안으로 이동했기 때문에 말이오."

"그거야 단지 전쟁의 참화를 피하기 위함이라고 볼 수도 있는 것 아니오?"

하막이 물었다.

"물론 지금은 그렇게 생각할 것이오. 하지만 비어 있는 십자성으로 우리 칠왕의 수뇌들이 움직이면 그때는 전혀 다른 시선으로 십자성이 비어진 것을 의심하게 될 것이오. 그리고 결국 그는 십자성으로 올 수밖에 없을 것이오."

가륵의 말에 칠왕이 저마다 고개를 끄떡였다. 치밀한 가륵의 계획대로면 반드시 사칸이 이 그물에 걸려들 것 같았기 때문이다.

"그럼 우린 언제 움직이면 되오?"

적황이 물었다.

"그의 움직임을 확인한 후에 움직여야 할 것이오. 물론 일부는 먼저 무극산으로 이동해 저들의 관심을 끌어야 할 것이고 말이오. 한꺼번에 이곳을 비웠다가는 사칸이 무극산으로 가는 대신 빈틈을 노려 마룡협을 먼저 도모할 수도 있소."

"후우, 결국 시간과의 싸움이구려."

"마룡협을 우회할 수 있는 모든 길에 우리의 눈이 있어야 할 것이오. 그러기 위해서는 역시 바람의 왕국과 헤루안의 형제들, 그리고 이번에 우리를 돕기로 한 원주족의 도움이 필요하오."

"좋소이다. 한번 해봅시다."

해풍신검의 주인 장유황이 다부진 목소리로 말했다.

"모두 동의하시오?"

가륵이 다시 한 번 확인하듯 칠왕을 둘러보며 물었다.

"동의하오."

"나도 찬성이오."

칠왕이 입을 열거나 고개를 끄떡이는 것으로 가륵의 의견에 동의했다. 그러나 단 한 사람, 적풍만은 아무런 의사를 표시하지 않았다.

그러자 가륵이 처음부터 불쾌한 표정을 짓고 있는 적풍이 마음에 걸렸는지 뒤늦게 적풍에게 질문을 던졌다.

"십자성주께선 혹 이 계획에 반대하시오?"

가륵의 물음에 적풍이 차갑게 대답했다.

"누군들 자신의 성이 폐허로 변할 계획을 달가워하겠소? 혹 십자성이 아니라 현월문에 함정을 파자고 하면, 그래서 현월문도들이 돌아갈 고향이 사라진다면 문주께선 기쁘게 받아들이시겠소?"

적풍의 물음에 그제야 칠왕은 이 계획으로 인해 십자성이 큰 피해를 보게 된다는 것을 깨달았다. 계획이 성공하던 실패하던 상관없이 결국 십자성은 허물어질 것이다.

적풍의 반문에 가륵이 잠시 당황한 듯하다가 되물었다.

"하지만 처음 이 계획을 말하고 십자성을 비워달라고 했을 때는 동의하지 않았소?"

"문주께서는 정확하게 십자성이 아니라 무극산을 비워달라고 했소. 가륵을 끌어들였을 때 십자성의 식솔들이 위험에 빠질 수도 있다고 하면서 말이오. 당시 난 문주께서 십자성 자체를 함정으로 생각하고 있는지는 몰랐소. 난 무극산 북쪽 봉우리인 설산을 생각하고 있었소만."

적풍이 망설이지 않고 반박했다.

그러자 가륵의 얼굴에 낭패한 기색이 떠올랐다. 적풍이 반대한다면 십자성에 함정을 파는 일은 불가능하다.

"음, 처음부터 설봉으로 그자를 유인해서는 그를 제거하는 것이 어렵소. 그를 가두기에 설봉은 너무 넓은 장소라 일단 십자성에 함정을 판 후 그에게 무거운 타격을 입히고 그를 설봉으로 몰아가는 것이 순서요."

"그래서 십자성 정도는 무너져도 된다?"

적풍이 차갑게 물었다.

예상치 못한 적풍의 강한 반발에 가륵이 난감한 표정을 지었다. 다른 왕들도 함부로 입을 열지 못했다. 자신들의 성이 무너진다는 가정을 하면 무턱대고 적풍에게 강요할 수도 없는 일이었다.

"그렇다고 이제 와서 이 계획을 포기할 수도 없는 일 아니냐?"

결국 적풍을 설득할 수 있는 사람은 적황밖에 없었다.

"그럼 십자성 식솔들은 어디로 갑니까?

"아바르로 와도 되지 않느냐?"

적황이 말했다.

"십자성은 아바르의 일부가 아닙니다."

적풍이 냉정하게 말했다. 그의 말투가 너무 서늘해서 적풍이 적황의 아들이라는 사실조차 잊게 만들 정도였다.

순간 적황도 자신의 실수를 깨달았다. 처음부터 적풍이 그토록 말한 사실, 십자성은 아바르의 일부가 아닌 독립된 존재라는 것, 그리고 적풍이 자신의 아들이기 이전에 칠왕의 한 명이라는 사실을 잠시 간과했던 것이다.

"좋아, 그 말은 사과하마. 내가 실수했다. 그렇다면 네가 원하는 것은 무엇이냐? 이 계획을 다시 세울까?"

적황이 물었다.

그러자 적풍이 이미 생각하고 있던 것을 말했다.

"계획을 다시 세우는 것은 너무 늦고, 만약 그를 제거하게 된다면 칠왕의 이름으로 새로운 십자성을 세워주면 됩니다."

"새로운 십자성?"

적황이 되물었다.

"석림의 석공들에 의해 오손의 도람석으로 지어진 성, 남해의 기이한 물건들과 천인총의 난공불락의 설계로 지어진 성을 칠왕의 이름으로 십자성에 선물해 주시면 됩니다."

"그건⋯⋯."

적황이 다른 칠왕의 눈치를 살폈다. 칠왕의 표정에도 당황한 표정이 역력했다.

성을 지어주는 것이야 어려운 일이 아니다. 하지만 칠왕의 이름으로 십자성을 지어준다면 그건 마치 십자성을 사칸을 제거한 주역으로 인정하는 모양이 된다. 그리고 그 영광은 아마도 십자성의 역사가 지속되는 한 영원히 이어질 것이다.

겨우 성 하나 포기하는 대가치고는 지나치게 큰 명분을 얻게 되는 십자성이다.

그렇다고 이 계획을 포기할 수도 없었다.

"⋯그렇게 합시다."

가장 먼저 적풍의 요구에 동의한 사람은 석림의 왕 석두인이었다. 그리고 뒤를 이어 오손의 왕 하막도 적풍의 요구를 받아들였다.

"오손도 도람석을 제공하겠소."

십자성을 재건하는 데 가장 중요한 역할을 할 두 왕이 동의
하자 이제 이 일을 반대할 사람은 없었다.

"그럼 모두 동의하시오?"

가륵이 다른 칠왕을 돌아보며 물었다. 그러자 장유황도 고
개를 끄떡였다. 그러자 결국 홀로 남은 사삼우 역시 불유쾌한
표정으로 동의했다.

"별수 있겠소? 그곳이 최적지이니 그럴 수밖에. 아무튼 이번
일이 성공하면 가장 큰 이득은 십자성이 보겠구려."

사삼우가 끝까지 뼈 있는 말을 했다. 그러자 적풍이 대답했
다.

"자신의 땅과 성을 내놓는 일이오. 그 정도 대가는 있어야지
않겠소?"

적풍의 반문에 사삼우가 시선을 회피한 채 입을 다물었다.

그렇게 그날 한 명의 적을 상대하기 위한 칠왕의 그물이 짜
였다. 가륵을 중심으로 칠왕은 하나부터 열까지 세세하게 향
후의 계획을 설계했다.

그리고 회합이 있은 지 삼 일 후부터 칠왕이 움직이기 시작
했다.

*　　　　*　　　　*

옥서스 북쪽, 아바르 강과 침묵의 강의 원류가 되는 샘이 어딘가에 존재하는 높은 산을 등지고 한 떼의 사람들이 이동하고 있었다.

인원은 적었지만 눈여겨보면 결코 범상치 않은 사람들의 이동이다. 그들은 거친 산을 평지처럼 이동해 빠르게 옥서스 무극산 방향으로 들어서고 있었다.

그리고 멀리서 그 모습을 보고 있는 세 사람이 있었다. 겉으로 보기에는 평범한 여행객으로 보이는 차림새였지만, 눈빛에선 숨길 수 없는 날카로운 기운이 흘러나오고 있었다.

한동안 무극산 방향으로 이동하는 사람들을 지켜보다가 세 사람 중 한 사람이 입을 열었다.

"분명 무슨 일인가 생겼군."

"그런 것 같아. 벌써 다섯 번째야. 모두 칠왕의 수족들이고… 특히 월문의 법사 놈들도 움직인 것을 보면……."

다른 자가 대답했다.

"이유를 알아야 하는데… 이유를 모르고 소식을 보냈다가는 대카르님의 노여움을 살 수도 있어."

"하지만 그러자면 우리도 무극산으로 들어가야 하는데 그건 어려운 일이지."

"후-우, 어쩐다."

그러자 지금까지 입을 닫고 있던 다른 한 사람이 말했다.

"길목을 지키자고."

"길목?"

"십자성의 무리가 무극산을 떠난 후이니 칠왕의 잡종들이 무극산에 들어가서 한동안 지내려면 양식이나 필요한 물건을 준비해 가야 하네. 보게, 사람이 타지 않은 말에는 식량 등을 싣고 가지 않겠는가? 그러니 무극산 외곽의 마을로 내려가 무극산에 들어가려는 자들이 있나 살펴보기로 하세. 그런 자들이 발견되면 어떻게든 이유를 들을 수 있겠지."

"그러나 자칫하면 허탕을 칠 수도 있어."

"그럼 다른 방도가 있나?"

마을로 내려가자고 제안한 사내가 되물었다. 그러자 반대를 하던 사내가 입을 다물었다.

"다른 방법이 없다면 낚시라도 해야 할 것 아닌가? 고기가 물든 말든."

"후우, 알겠네. 어쩔 수 없지. 이대로 시간을 허비하다가는 대카르께 죽음을 면치 못할 테니."

결국 마을로 내려가 칠왕의 주요 수뇌들이 은밀히 무극산으로 몰려가는 이유를 알아보기로 한 삼 인의 원주족 첩자가 걸음을 돌려 산 아래로 달려 내려가기 시작했다.

멀리 무극산의 높은 봉우리들이 아스라이 보이는 곳에 작은 마을이 형성되어 있다.

본래 옥서스는 칠왕의 땅 북쪽의 교통의 요충지였기에 상인들이 제법 많이 몰리는 곳이었다.

다만 들어가면 살아서 나오기 힘들다는 무극산이 그 중심에 자리 잡고 있어서 무극산을 우회해야 하는 단점이 있기는 했다. 그럼에도 불구하고 옥서스를 지나는 상인들과 여행객은 적지 않았다.

그런 여행객들을 상대로 잠자리를 제공하거나 혹은 여행에 필요한 물건을 파는 마을이 존재하는 것은 당연한 일이었다.

그런 마을에는 어김없이 주점이 있게 마련이다. 그리고 모든 소식은 그 주점을 통해 세상으로 퍼져 나간다.

오늘도 무극산 인근 마을 하바의 작은 주점에는 몇몇 여행 객과 상인들이 술잔을 기울이고 있었다.

"마룡협은 어찌 되었을까?"

주점의 손님 중 무사로 보이는 자들 셋이 마주 앉아 술을 마시고 있다가 문득 한 사내가 입을 열었다.

"지난번 싸움에서 대승을 거뒀으니 당분간은 조용하겠지."

다른 자가 대답했다.

"후우, 정말 대단한 싸움이었어. 특히 십자성의 무사들은 정말 대단하더군."

"어? 자넨 그들의 활약을 보았나?"

"음, 보았네."

"정말 그렇게 대단하던가? 소문대로?"

"그렇더군. 원주족 놈들을 마치 아기 다루듯이 하더라고. 더군다나 십자성의 전사들이 적의 본진을 불태우는 바람에 원주족은 사기가 크게 떨어졌지. 그게 지난번 싸움의 대승 이유일세. 특히……."

"특히 뭔가?"

"십자성주님이야 본래 신검주 중 한 분이니 그러려니 하지만 아바르 출신이라는 구룡이란 사람은 정말 놀라웠네."

"불의 검을 받았다는?"

"음, 그가 불의 검을 받은 이유가 있더라고. 적진을 휩쓰는 것이 마치 양 떼를 몰아치는 호랑이 같았네."

사내가 마치 방금 전에 싸움을 보고 온 것처럼 들뜬 표정으로 말했다.

"난세는 영웅을 만드는 법이지."

다른 자가 나직하게 중얼거렸다.

"하긴 이번 싸움을 통해 칠왕의 전사들도 세대가 교체되는 느낌이야. 각각의 왕국에서 젊은 영웅들이 나타나고 있으니."

"아무튼 이 일만 아니라면 이 전쟁의 승기는 우리가 잡았다고 할 수 있을 텐데. 무극산의 그……."

"이 사람!"

갑자기 동료의 말을 듣고 있던 자가 상대의 말을 제지했다. 그러자 무심코 입을 열려던 자가 급히 입을 다물었다.

"조심하게."

동료의 입을 막은 자가 정색을 하며 경고했다.

"미안하이. 내 실수했네. 제길, 술이 들어가서 그런가? 아무래도 그만 돌아가야겠네. 내일 아침 일찍 무극산으로 떠나려면."

"그러세. 괜히 술기운에 말실수나 하지. 가세."

세 사내는 갑작스럽게 술자리를 파했다.

그들은 탁자 위에 은화 몇 개를 올려놓고는 누가 잡기라고 할 것처럼 부지런히 자리를 떠났다.

그러자 기다렸다는 듯이 주점의 주인이 다가와 사내들이 놓고 간 은자를 움켜쥐었다. 그러고는 만족한 미소를 지으며 중얼거렸다.

"역시 칠왕의 전사들은 다르군. 꽤 남겠어."

아마도 술을 마시던 자들이 남기고 간 은화가 술값보다 많은 모양이다.

주점 주인이 흐뭇한 표정으로 은화를 챙기는데 그 옆에 앉아 있던 다른 손님 중 한 사람이 물었다.

"그들이 칠왕의 전사들이오?"

"모르셨습니까? 저런 모습을 한 사람들은 석림의 전사뿐이지요."

"석림 왕국의 전사라……. 허, 곁에 두고도 영웅들을 몰라봤군. 알았다면 말이라고 걸어보는 건데."

"그런 말씀 마십시오. 칠왕의 전사들이 어디 보통 사람들과 말을 섞습니까?"

"하긴 그렇지. 그들은 도도하기 이를 데 없으니까. 그런데 이상하군. 지금 마룡협에서는 칠왕과 원주족의 싸움이 한창인데 한가하게 이런 곳에서 술이나 마시고 있고."

질문을 한 손님이 고개를 갸웃하며 중얼거렸다.

"최근 들어 부쩍 칠왕의 전사들 모습이 많이 보이는군요."

주점 주인도 고개를 갸웃하며 대답했다.

"무슨 특별한 일이라도 있는 것 같소?"

손님이 지나가는 말처럼 물었다.

"그건 나도 알 턱이 없지요. 단지 모두 무극산으로 가는 것 같던데……."

"무극산? 내가 듣기로는 그곳에는 십자성이 있다고 하던데, 모두 그곳으로 가나? 요즘 십자성의 명성이 갑자기 높아져서 칠왕도 그 성에 사람을 보내는 모양이군."

"웬걸요. 십자성은 이미 오래전에 비워졌습니다. 십자성 사람들이 전장의 위험을 피해 무극산을 떠난 지가 벌써 여러 달이지요."

"아, 그렇소? 그럼 빈 성에는 뭘 하러 가는 거지?"

손님이 다시 고개를 갸웃했다. 그러자 주점 주인이 무심결에 입을 열었다.

"자세한 건 모르지만 뭘 찾았다는 것 같던데."

"뭘 말이요?"

손님이 다시 물었다.

"그거야 난들 압니까? 간혹 저렇게 술을 마시러 온 칠왕의 전사들이 하는 말 중에 스치듯 들은 말이라 무슨 말인지 알 턱이 없지요. 뭐 용의 전설이던가, 어쩌고저쩌고 하긴 하던데……."

주점 주인이 그쯤에서 입을 닫고는 빈 술병과 그릇들을 치우기 시작했다.

그래서 주인은 보지 못했다. 그에게 질문을 던진 자들의 눈빛이 한순간 섬광처럼 날카롭게 빛났다는 것을.

"자네들, 내가 생각하는 것과 같은 생각을 하는가?"

주점을 나온 드루족의 첩자 삼 인이 어두운 길 위에서 걸음을 멈췄다.

그중 한 명이 침묵에 빠진 동료들을 돌아보며 물었다.

"음……."

"글쎄……."

두 사람이 차마 머릿속 생각을 입 밖으로 내뱉지 못하고 말을 아꼈다.

"말들 해보게. 이건… 침묵할 일이 아니야."

먼저 말을 꺼낸 자가 동료들을 재촉했다. 그러자 침묵하던 자들 중 한 명이 조심스레 입을 열었다.

"오래전 한때 그 일로 무극산이 주목받기는 했지."

"그러나 결국 아무도 발견하지 못하지 않았나?"

다른 자가 반문했다.

"그렇다고 그곳이 아니란 증거도 없네."

"후우, 어쩌지? 확실치 않은 정보를 대카르께 보낼 수는 없는 일인데……."

첩자 중 한 명이 난감한 표정으로 중얼거렸다.

"이 문제는 다르네."

"무슨 말인가?"

"마룡 우루노에 관해서만큼은 확신보다는 조금의 근거라도 있으면 보고를 해야 할 것 같은데… 아니 그런가? 그에 대해서는 대카르께서도 불확실한 정보를 이해해 주실 걸세."

"그럼 보고하자고?"

"일단 그렇게 하세."

"좀 더 알아보는 건 어떨까?"

"그러다 일이 잘못되어 칠왕의 손에 마룡 우루노가 들어가면 우린 죽은 목숨이네. 그것도 그냥 죽겠나? 하지만 이 정보가 틀린 것이라 해도 마룡 우루노에 대한 것이었으므로 대카르께서 우릴 죽이지는 않으실 걸세."

"제길, 고약하군. 알겠네. 조금이라도 안전한 쪽으로 패를 걸어야지. 보고하세."

세 명의 첩자가 길 위에서 그들의 운명을 좌우할 결정을 했다.

"어떻게 생각하시오?"

주점의 지붕 위에서 주점의 주인과 어깨를 나란히 하고 서 있던 현월문의 대법사 중 한 명인 고흘이 물었다.

그러자 주점 주인이 대답했다.

"대법사께서 의도하신 대로 일이 된 것 같습니다."

"음, 마지막까지 확인을 해주시오."

"알겠습니다."

"조심해야 할 거요. 저들이 마을을 벗어나면 추적이 쉽지 않을 거요. 저들은 드루족의 술사들, 미행의 기미를 눈치챌 능력들이 있소."

"알고 있습니다. 하지만 오늘은 이 마을을 벗어날 것 같지 않군요."

주점 주인의 말대로 길 위에 서 있던 삼 인의 원주족 첩자는 주점과 수십 장 떨어져 있는 여곽으로 향했다.

"마음이 급한 모양이군."

"마룡 우루노에 대한 소식입니다. 어찌 그렇지 않겠습니까?"

주점 주인이 대답했다.

"좋소, 아무튼 오늘 밤 저들에게서 눈을 떼지 마시오. 그리고 전서구가 날면 바로 알려주시구려."

"알겠습니다."

주점 주인이 대답했다.

그날 밤, 드루족이 사용하는 검은 비둘기가 세 명의 원주족 첩자가 묵고 있는 여각을 벗어나 어두운 하늘로 날아올랐다.

비둘기는 옥서스 북쪽 침묵의 강에 이르러 강줄기를 따라 북해 방면으로 날아갔다.

＊　　　　＊　　　　＊

어둠 속에서 그는 검은 표범 가죽으로 만든 의자에 등을 기대고 휴식을 즐기는 듯했다.

커다란 화로에선 붉은 숯불이 북방의 한파로부터 그의 막사를 따뜻하게 지켜주고 있었고, 그의 앞에는 이 차가운 땅에서는 구경하기 힘든 귀한 음식이 놓여 있었다.

그러나 그는 음식에는 손도 대지 않았다. 대신 눈을 감은 채 잠자듯 휴식을 취하고 있을 뿐이다.

누워 있는 그의 얼굴에선 대패에 대한 실망감이나 앞으로 있을 전쟁에 대한 초조함 같은 것은 찾아볼 수 없었다.

그때 문득 한 노인이 조심스럽게 그의 막사로 들어왔다. 그러고는 발소리를 최대한 줄인 채 그의 곁으로 다가섰다. 그러자 기다렸다는 듯이 그가 눈을 떴다.

대카르 사칸이다.

"대카르!"

노인이 사칸에게 머리를 조아렸다.

"이 시간에 날 찾아온 것은 급하게 할 말이 있다는 뜻이겠지? 좋은 소식인가, 나쁜 소식인가? 칠왕의 족속들이 공격을 시작했나?"

사칸이 귀찮은 듯 물었다. 중요한 일이 아니라면 자신의 휴식을 방해한 죄를 묻겠다는 듯 보였다.

그러자 노인이 즉시 대답했다.

"칠왕의 땅으로 보낸 술사들에게서 온 소식입니다."

"칠왕의 땅?"

"그렇습니다."

"칠왕의 소식도 아니고 칠왕의 땅 내부의 소식이란 말이지? 정말 궁금하군. 대체 어떤 소식인지 말해보라."

사칸이 노인을 다그쳤다.

그러자 노인이 조심스레 입을 열었다.

"최근 들어 칠왕의 주요 수족들이 옥서스 무극산으로 은밀히 이동하고 있다고 합니다."

"이유는?"

사칸이 기다리지 않고 물었다.

"그것이… 확실치는 않으나 아무래도 마룡 우루노와 관련이 있는 듯합니다."

순간 사칸의 표정이 변했다. 그는 몸을 바로 세우고 손을 들어 턱을 괴었다. 평소의 그를 생각하면 정말 특별한 반응이다.

"마룡 우루노?"

"그렇습니다."

"그런데 확실치 않다는 의미는 뭔가?"

사칸이 다시 물었다.

"술사들이 그 사실을 직접 무극산에 들어가서 확인한 것은 아니란 뜻입니다. 무극산으로 들어가는 칠왕의 수하들을 쫓다 들은 정보인 모양입니다. 불확실한 소식으로 인해 대카르님의 심기를 어지럽게 해드릴까 봐 걱정은 되지만 또한 전하지 않을 수 없는 소식이라 급히 소식을 전해왔습니다."

노인은 가급적 그가 하고 싶은 모든 말을 빠르게 내뱉었다.

그러자 그의 말을 들은 대카르 사칸이 잠시 생각에 잠겼다. 그러고는 다시 몸을 뒤로 눕히며 물었다.

"함정일 가능성은?"

"물론 간과할 수는 없습니다. 하지만 술사들이 이 정보를 얻은 과정을 살펴보면 함정일 것 같지는 않습니다."

"그래? 하지만 세상에 완벽이란 없지."

사칸의 말에 노인은 묵묵부답 대답을 하지 않았다.

함정이든 아니든 무극산으로 갈 것인지 아닌지는 오직 사칸만이 결정할 문제이기 때문이다.

"가볼까?"

사칸이 중얼거렸다.

"한 가지 걱정되는 점이 있습니다."

노인이 잊고 있었다는 듯 재빨리 말했다.

"뭔가?"

"수백 년간 마룡 우루노의 행적에 관한 여러 가설 중 옥서스 무극산은 항상 언급되는 장소였지요. 그래서 수많은 야심가들이 무극산을 뒤졌습니다. 하지만 누구도 그곳에서 마룡의 흔적을 발견하지 못했습니다. 그래서 지난 백여 년간은 오히려 무극산에 대한 관심이 없었습니다. 그런데 왜 지금 이때에……."

"그렇게 생각하면 이상한 일이긴 하지. 하지만……."

사칸이 갑자기 자리에서 일어났다. 그러자 노인이 깜짝 놀라며 뒤로 물러섰다.

"하지만 난 지금도 그곳이 가장 유력하다고 생각해. 그래서 설혹 이것이 함정이라도 한 번쯤은 다시 가볼 가치가 있어. 더군다나 이제 난 마룡 우루노의 신정과 교감할 수 있으니 발견만 한다면 난… 신이 될 수도 있지. 그러니 이 기회에 무극산을 한번 둘러보도록 하지. 특히 그 설봉 말이야."

"설봉이라면……?"

"무극산의 온화한 기후에 어울리지 않는 설봉이지."

사칸이 말했다.

그러자 노인이 고개를 갸웃하며 되물었다.

"아둔한 저로서는 이해가 되지 않습니다. 마룡 우루노는 극양의 힘을 지녔다고 알려져 있는데 설봉이라뇨?"

"모든 열기를 빼앗긴 땅은 극음지처로 변하지."

사칸이 귀찮은 듯 말했다.

"그 말씀은 마룡의 신정이 여전히 깨어 있을 수 있다는… 그래서 주변의 화기를 흡수한다는 말씀이시군요."

"모든 것은 가정이다. 난 내 눈으로 보고 내 몸으로 느낀 것만 믿는다. 그래서 무극산으로 가겠다. 지금으로썬 그게 유일한 해결책이니까. 이 싸움의 양상을 변화시킬 수 있는."

"준비하겠습니다."

노인이 고개를 숙여 보이며 대답했다.

"한 번쯤 더 공격을 해야겠어."

"교란이 목적이라면 역시 기병을……."

"그렇게 해. 대화족을 보내지."

"대화족을요?"

"숫자가 많으니 얼마간 죽어도 별 손해는 아니지."

사칸이 무심하게 말했다.

"알겠습니다."

노인이 대답하고는 사칸의 막사에서 물러났다.

그러자 사칸이 천천히 자리에서 일어나 걸음을 옮겨 노인이 나간 막사의 입구를 열어젖히고 어두운 하늘을 바라보며 중얼거렸다.

"마룡 우루노라……. 만날 때가 됐지."

"움직이는군요."

현월문 최고의 인재 법사 수로의 눈을 반짝였다. 그러자 대법사 을보륵이 고개를 끄떡였다.

"미끼를 문 듯하구나."

"기병들을 준비하는 것을 보니 이목을 끌기 위해 공격을 하려나 봅니다."

"보아하니 대화족 기병들 같은데… 사지(死地)로 몰아넣는군.

역시 잔혹한 자야."

"그의 뒤를 따를까요, 아니면 무극산에 가서 기다릴까요?"

수로의 물음에 을보륵이 잠시 생각에 잠겼다가 대답했다.

"어차피 행로가 정해진 길이라면 굳이 그를 따를 필요는 없다. 무극산으로 가자."

"알겠습니다."

"그전에 소식을 전하고."

"예."

법사 수로가 대답하고는 서둘러 순백의 전서구를 준비하기 시작했다.

*   *   *

패퇴한 전장을 되짚어온 적의 반격이 시작될 때 소식이 왔다.

적풍은 산중턱 그의 진영에서 적의 진격을 바라보고 있었다. 숫자는 대략 이천 정도. 지난번 대회전의 규모를 생각하면 그리 많은 숫자가 아니다.

또한 이렇게 빨리 반격을 해오는 것도 이치에 맞지 않았다. 그러므로 이 진격에는 다른 의도가 숨어 있었다.

그리고 현월문에서 사람이 왔을 때 사칸이 대화족 기병들로 하여금 재차 공격을 시작한 의도는 명확하게 드러났다.

"때가 되었다는 전언입니다."

적풍을 찾아온 현월문의 대법사 소시모가 말했다.

육 인의 현월문 대법사 중 유일하게 여인인 사람이다.

"그가 움직였소?"

적풍이 되물었다.

"그렇습니다. 대화족의 진격은 이목을 돌리기 위한 허장성세입니다."

소시모가 침착하게 대답했다.

이 여인은 백발이 성성하지만 얼굴은 여전히 중년의 나이로 보인다. 현월문의 법술 때문인 것 같기도 하고, 그녀 자신이 가지고 있는 선천적인 능력일 수도 있었다.

'어둡군.'

현월문의 법사들은 대부분 감정의 기복이 적었지만, 적풍을 만나러 온 대법사 소시모는 특히 더 무심한 기운을 가지고 있었다.

젊었을 때는 사람들의 칭송을 받을 만한 미모를 지녔을 그녀이지만 지금은 자신의 어두운 기운으로 인해 스스로의 아름다움을 가리고 있는 모습이다.

'하긴 내가 신경 쓸 일은 아니지.'

그녀가 어떤 이유로 이런 기운을 가지게 되었는지 굳이 적풍이 신경 쓸 필요는 없었다.

"언제까지요?"

적풍이 물었다.

"문주께선 칠 일 뒤에는 무극산에서 만나길 원하십니다."

"칠 일… 급하지는 않군."

보통 사람이라면 모를까, 적풍과 같이 무공을 수련한 사람에게는 무극산까지의 거리가 그리 먼 것은 아니었다.

"제가 동행하겠습니다."

소시모가 뜻밖의 말을 했다.

"설마 내가 내 집 가는 길을 잃을까 그러시오?"

적풍이 의아한 표정으로 물었다.

그도 그럴 것이, 옥서스 무극산은 적풍의 십자성이 있는 곳이다. 굳이 길 안내가 필요한 곳이 아니었다.

"문주께서 무극산의 환경을 좀 변화시키셨습니다."

"……?"

"함정은 함정이니까요."

소시모가 무표정하게 말했다.

"그 말은 현월문의 법술이 그곳에 펼쳐졌다는 것이오?"

"그렇습니다."

"남의 땅에서 주인 행세를 하고 있군."

적풍이 불쾌한 표정으로 말했다.

사칸을 끌어들인 후 칠왕과 현월문주의 합공으로 그를 제압하는 것이 이 계획의 목표이다. 그렇다면 사칸의 맞을 준비를 하는 것이 나쁜 일은 아니다.

하지만 적어도 적풍에게는 무극산을 함부로 다루는 가륵의 행동이 마치 자신의 영역을 침범한 자의 행동처럼 느껴졌다.

그러나 적풍의 불만에도 소시모는 아무런 반응을 하지 않았다.

"그렇다고 해도 충분히 혼자 갈 수 있으니 대법사께서 굳이 동행하실 필요는 없소."

이런 여인과 동행하는 것은 영 불편한 일이라 적풍이 소시모의 동행을 거절했다.

그러자 소시모가 단호하게 말했다.

"저로선 문주님의 명을 따르고 싶습니다만……."

'고집도 세군.'

적풍이 소시모의 태도에 혀를 찼다. 그래서 더더욱 동행하기 싫어지는 적풍이다.

그렇다고 이런 여인을 붙들고 실랑이를 하는 것은 더욱 불편했다.

"알겠소. 그럼 잠시 기다리시오."

"그러지요."

소시모가 대답했다.

그날 적풍은 구롱과 일부의 십자성 고수들을 데리고 마룡협을 떠났다. 물론 현월문의 대법사 소시모도 함께였다.

제6장
옛이야기

익숙한 길의 여정이 닷새 동안 이어졌다. 적풍은 서두르지 않았다. 어차피 약속한 기한이 칠 일 후다. 그 안에 무극산 십자성에 도착하는 것은 어려운 일이 아니었다.

여행 중에도 수시로 마룡협의 칠왕 진영과 월문의 법사들이 보내오는 소식이 전해졌다.

대카르 사칸의 이동이 명확하게 확인되었다는 소식도 들어왔다. 사칸으로서는 마룡 우루노의 유진에 대한 관심을 거둘 수 없었을 것이다.

그렇게 느린 여정으로 이동해 무극산에 초입에 들어섰을 때 적풍은 현월문의 대법사 소시모가 왜 자신과 동행했는지 그 이유를 확실하게 알 수 있었다.

무극산은 변해 있었다. 길은 그가 십자성을 떠날 때 그대로

였지만 주변으로 이어지는 숲의 기운과 지형에 미세한 변화가 있었다.

적풍 같은 사람은 민감한 감각과 기억력으로 자신이 머무는 곳, 여행하는 지역의 기운과 지형을 세심하게 기억한다. 특히 십자성이 있는 무극산 같은 곳은 더더욱 그렇다.

그에게는 무극산 안쪽으로 이어진 산길에서 작은 나무 하나 사라진 것조차 크게 느껴질 정도였다.

그러므로 가륵에 의해 변한 무극산의 변화를 발견하는 것은 어려운 일이 아니었다.

그리고 그런 변화를 느낄수록 불쾌해지는 것은 어쩔 수 없었다. 사칸을 잡기 위한 것이라 해도 무극산에서 자신이 모르는 변화가 일어나고 있었다는 것은 결코 유쾌한 일이 아니었다.

그가 칠왕으로부터 약속받은 것들을 고려해도 기분이 상하는 것은 마찬가지였다.

"후우!"

과거 자신이 만들어놓은 길이 아닌 새로운 길을 걷는 기분에 적풍은 자신도 모르게 한숨을 내쉬었다. 그에게선 좀체 볼 수 없는 모습이다.

"걱정이라도 있으십니까?"

이위령이 물었다.

"아니, 그냥 기분이 썩 좋지가 않군."

"역시 우리 땅 같지가 않지요?"

"음……."

적풍이 고개를 끄떡였다. 그러자 곁에서 조용히 적풍을 따르고 있던 소시모가 말했다.

"그자의 움직임을 파악하기 위해서는 어쩔 수 없는 선택이었습니다. 그 덕에 문주께서는 그자가 무극산에 진입하는 순간부터 그자의 움직임을 놓치지 않을 것입니다."

"그게 가능하오?"

이위령이 믿기 어렵다는 듯이 물었다.

"현월문에게는 가능한 일이지요."

"믿기 힘든 일이구려."

이위령이 고개를 저으며 말했다. 그러자 적풍이 불쑥 소시모에게 물었다.

"몽경(夢鏡)의 술이오?"

순간 소시모가 깜짝 놀란 표정을 지었다.

"몽경의 술을 아십니까?"

몽경의 술이야말로 현월문 최고의 비기이다. 그 술법으로 현월문주는 천하 각지의 특이한 기운 변화를 알아채곤 했다. 그리고 그런 변화가 일어나면 법사들을 보내 그 변화의 이유를 알아보았다.

그런 만큼 몽경의 술은 현월문 내에서도 극히 일부의 사람만이 알고 있는 비술이다. 그런데 그런 몽경의 술을 적풍이 알고 있으니 놀라지 않을 수 없었다.

그러나 적풍은 소시모의 놀람을 무덤덤하게 받아넘겼다. 그러고는 무심하게 대답했다.

"내 아우가 월문 법황이오. 모르시오?"

"무, 물론 알고는 있습니다만……."

"그렇다고 해서 내가 월문 몽경의 술의 정수를 안다는 것은 아니오. 단지 그런 비술이 존재한다는 것을 알 뿐."

"정말 법황과의 친분이 돈독한 모양이군요."

"몽경의 존재 여부 정도야 자유롭게 이야기할 수 있는 정도는 되오."

"글쎄요. 제 기준으로는 정말 특이한 일이군요."

소시모가 고개를 저으며 말했다. 그녀로서는 월문 법황이 월문 이외의 사람에게 몽경에 대해 이야기했다는 것을 여전히 믿을 수 없는 모양이다.

그러나 적풍은 그런 소시모의 의구심을 무덤하게 넘겼다. 그녀와 월문의 일에 대해, 혹은 법황 허소월에 대해 이러쿵저러쿵 논쟁을 하고 싶지 않았다.

그러자 잠시 적풍의 기색을 살피던 소시모가 망설이다 입을 열었다.

"그런 문제… 그러니까 현 법황께서 문주께 몽경의 일에 대해 말씀하시는 것을 전대 법황도 알고 있나요?"

소시모의 물음에 적풍이 고개를 끄떡였다.

"확인한 바는 아니지만 알고 있을 거요. 그 양반이야 월문에서 일어나는 모든 일을 알고 있으니까."

"그런데도 아무런 제지를 하지 않던가요?"

"그래야 하오?"

이번에는 적풍이 궁금한 표정으로 물었다.

"그의 성정이라면 당연히……."

"하긴 생각해 보니 그렇기도 하구려. 그를 처음 만났을 때를 생각하면. 하지만 솔직히 말해 그는 나에게 빚이 있는 사람이라 반대하고 싶어도 하지 못했을 것이오. 더군다나 내가 비록 월문의 일에 대해 들었다고 해도 다른 사람에게 전할 사람이 아님을 알고 있을 테고."

적풍이 의천노공 우서한을 떠올리며 말했다. 그 강고한 고집, 월문의 업에 대한 강한 집착을 고려해도 그가 적풍을 의심하거나 할 사람은 아니었다.

"만약 그렇다면 그는… 변했군요."

"변했다……. 그 말은 그대도 그를 알고 있다는 뜻이오?"

적풍의 물음에 소시모가 흠칫한 표정을 지었다.

그 순간 적풍은 그의 생각보다 더 깊은 인연이 소시모와 전대 법황 우서한 사이에 있다는 것을 깨달았다. 그녀의 표정 변화가 너무 급격하게 이뤄졌기 때문이다.

본래 명계의 월문이든 이 땅의 현월문이든 그 문도인 법사들은 수련이 깊어 자신의 감정을 밖으로 잘 드러내지 않는다. 특히 소시모처럼 수십 년 법력을 쌓아 대법사의 지위에 오른 사람이라면 더더욱 그러했다.

그렇다고 표정이 없는 것은 아니지만, 이렇게 급격한 감정의 변화를 고스란히 얼굴에 드러내는 경우는 거의 없었다.

"월문의 법황을 어찌 모르겠습니까? 명색이 현월문의 대법사인데."

"그의 이름을 알고 있느냐고 물은 것이 아니지 않소?"

"……"

소시모가 적풍의 말에 대꾸를 하지 않았다. 하지만 이번만큼은 적풍도 집요하게 말꼬리를 붙들고 늘어졌다.

"현월문과 명계 월문은 수십 년 동안 왕래하지 않았다고 알고 있소. 물론 수문을 통해 월문의 업을 지키기 위한 최소한의 정보는 공유하지만 말이오. 그런데 법사께서 의천노공에 대해 말하는 것을 보면 교류가 끊기기 이전 마치 그를 만나본 것처럼 느껴지는구려."

이례적으로 말을 많이 하는 적풍의 추궁에도 소시모는 더 이상 입을 열지 않았다.

이쯤 되면 적풍도 더는 소시모의 대답을 강요할 수 없었다. 궁금하기는 하지만 그렇다고 소시모 개인사를 강제로 들을 필요까지는 없었다.

그러자 갑자기 침묵이 두 사람 사이에 찾아왔다. 그 침묵은 꽤나 길게 이어졌다.

이위령이나 다른 십자성의 고수들은 두 사람과 조금 떨어져 걸으며 갑자기 찾아온 이 침묵을 감히 깨려 하지 못했다.

그런데 그 긴 침묵 끝에 결국 소시모의 입에서 놀라운 말이 흘러나왔다.

"저는 전대 법황을 만난 적이 없어요."

갑자기 입을 연 소시모를 적풍이 돌아봤다. 그러다가 진지한 표정으로 말했다.

"그렇구려. 내가 넘겨짚은 모양이오."

적풍이 무덤덤하게 대꾸했다."

"하지만 한 여인이 그를 만난 것에 대한 이야기는 해드릴 수 있지요. 사실 이 이야기를 하는 것은 현월문을 위해섭니다."

"무슨 뜻인지 모르겠구려."

적풍이 의아한 표정으로 되물었다. 한 여인이 법황을 만난 적이 있다는 이야기를 적풍에게 하는 것과 현월문의 미래가 무슨 상관이란 말인가.

"양계 월문의 관계가 예전처럼 복구되는 일에 성주님의 도움을 바란다는 뜻입니다. 월문의 비술을 격의 없이 이야기할 정도로 당대의 법황님과 돈독하신 관계라 하시니……."

"난 단지 월문 법황과 사사로운 인연으로 얽힌 사람일 뿐이오."

적풍이 단호하게 말했다. 그로서는 월문의 내부 일에 관여하고 싶은 생각이 전혀 없었다.

그러자 소시모가 대답했다.

"알고 있습니다. 하지만 세상의 모든 일은 결국 그 사사로운 인연으로부터 좋아지기도 하고 나빠지기도 하지요."

소시모가 씁쓸한 표정으로 말했다.

그러자 이번에는 적풍이 잠시 침묵을 지키다가 말했다.

"들어나 봅시다."

적풍의 말에 소시모가 이젠 더 이상 망설이지 않고 입을 열었다.

"과거 양계 월문이 서로 교통하던 시기에도 월문도의 이동은 그리 쉬운 일이 아니었지요. 아시겠지만 밀교의 문은 어떤 이유에서든 열리지 않으니까요. 월문도가 양계를 이동하려면 성주께서 오신 그 방법밖에는 없었습니다."

"그건 나도 알고 있소."

비록 월문의 법황이라도 밀교의 문을 열고 두 개의 세계를 왕래할 수는 없었다.

"교벽의 통과 역시 법황의 허락이 있어야만 가능한 일이었지요. 그래서 전통적으로 현월문도 중 대법사의 위치에 오를 수 있는 인재에게만 교벽의 여행을 통한 법황의 알현이 허락되었습니다."

소시모의 말에 적풍이 고개를 끄떡였다.

이 정도 일은 능히 예상할 수 있는 일이다.

"그녀, 그러니까 제가 말씀드리려는 이 이야기의 주인공이 전전대 법황의 허락을 받아 교벽을 통과해 명계를 방문한 것은 오십 년 전의 일이었지요. 그 시기에 그녀는 향후 대법사가 될 수 있는 인재로 인정될 만큼 뛰어난 수련법사였지요."

적풍은 조용히 전대 월문도의 이야기를 듣고 있었다.

반면 소시모는 가끔씩 휴식을 취하듯 말을 끊었다가 느리게 다시 말을 이어나갔다.

"그리고 그녀는 그를 만났지요. 그는 당시 사형인 마한을 제치고 월문의 후계자로 인정받아 전전대 법황의 가르침을 받고 있었지요."

"의천노공 말이오?"

"그렇습니다."

"두 사람의 만남을 이야기하는 것을 보니 그건 단순한 만남 정도가 아니었구려."

"맞습니다. 두 사람은 첫 만남부터 서로에게 호감을 느꼈지요. 그리고 누가 먼저랄 것도 없이 서로에게 깊이 빠져들었습니다."

참으로 생경한 느낌이다.

적풍의 기억 속에 의천노공 우서한은 누군가와 사랑을 나눌 수 있는 인물이 아니었다. 그런데 사랑이라니.

월문의 업에 대한 완고한 의무감, 그 업을 우선함으로써 생겨난 사람에 대한 근원적인 불신, 그런 것들이 의천노공이 누군가에게 사랑의 감정을 느꼈다는 것을 믿을 수 없게 만들었다.

"그에게도 연인이 있었다니… 정말 믿을 수 없는 일이구려."

적풍이 혼잣말처럼 중얼거렸다.

"성주께선 그를 언제 만나셨습니까?"

이번에는 소시모가 물었다.

"한 이십 년 된 것 같소만……."

"그렇다면 당연히 성주께서는 그의 진면목을 모두 보지 못하신 겁니다."

"그렇소? 그에게 내가 아는 것 이상의 뭔가가 있소?"

"그는… 재능은 탁월했지만 월문의 법황이 되기에는 너무 여리다는 평을 듣는 젊은이였습니다."

"너무 여리다니, 그 말을 믿어야 할지 모르겠구려."

적풍이 고개를 저으며 중얼거렸다.

그러자 소시모가 가볍게 한숨을 쉬며 말했다.

"그의 성정이 오늘날처럼 변한 것은 결국 그 여인 때문이지요."

"그녀가 그를 떠났소? 명계에 머물 수는 없었던 거요?"

"어쩌면 전전대 법황께서 허락하실 수도 있는 일이었지요. 그런데… 그녀와 현월문의 욕심이 과했어요."

"무슨 말인지 모르겠구려."

적풍이 되물었다.

그러자 소시모가 망설이다가 입을 열었다.

"겉으로 보기에 양계 월문은 동등한 위치인 것 같지만, 사실 현월문은 명계 월문의 통제를 받는 입장이었지요. 법황은 언제나 명계 월문에서 배출되고 그 법황이 양계 월문의 최종적인 지배자이니까요. 우리 현월문에서는 늘 그것이 불만이었습니다. 법력이 아무리 높아도 결국 현월문의 법사들은 법황이 될 수 없었어요."

"음, 그건 불만이 생길 만한 일이구려."

"그런데 그런 주종의 관계가 맺어진 것은 전통적인 월문의 법규 때문이기도 하지만 그것 말고도 더 중요한 이유가 있었어요."

"그게 뭐요? 무엇이 현월문을 명계 월문에 종속되게 만든 것이오?"

적풍이 물었다.

"월문 법황에게는 파사의 진언이라는 치명적인 능력이 있습니다."

"파사의 진언?"

"그렇습니다. 듣지 못하셨나요?"

"음, 그건 듣지 못했소."

"모든 것을 말해주진 않으신 모양이군요."

"나 역시 굳이 월문에 대해 모든 것을 알고 싶은 생각이 없었소. 우린 정말 서로를 아끼는 의형제일 뿐이오."

"알겠습니다. 아무튼 그 파사의 진언이라는 신술은 환술이나 법술을 쓰는 모든 자에게 치명적인 무공이었지요. 무공이라고 말하지만 그 역시 법술이라고 봐야 할 겁니다. 아무튼 모든 사술과 상극인 그 파사의 진언은 그 특징대로 우리 월문 법사들의 법력을 깨뜨리는 힘도 있지요."

"그것이 법황이 양계의 월문을 지배하는 이유요?"

"그렇습니다. 아무리 오랜 수련으로 법력을 쌓아도 법황의 파사의 진언 앞에서는 무용지물이지요."

"참으로 위험한 진언이구려. 그것이 법황이 아닌 다른 사람의 손에 들어간다면."

"맞습니다. 월문에는 가장 위험한 진언이지요. 그래서 오직 월문 법황에게만 구전으로 전해집니다. 그런데 그녀는 현월문을 위해 그 진언을 얻어내려고 했어요."

"의천노공에게서 말이오?"

적풍이 물었다.

"네, 당시 우서한은 파사의 진언을 전해 받았을 가능성이 큰 상황이었죠. 전전대 법황께서 거의 천수를 다하신 상황이라."

"결국 실패했구려."

"파국이었죠."

"파사의 진언을 물었다는 이유로 파국이라니, 가혹한 면이 있구려."

"그녀가 한 일은 단지 묻는 것만이 아니었지요. 이곳 칠왕의 땅에서만 나는 미혼독을 썼고, 의천노공과 동침했으며, 그 열락의 혼미함 속에서 우서한의 입을 열려고 했던 겁니다."

"후우, 최악의 수를 썼구려."

"그렇죠. 최악의 수였죠. 현월문주와 그녀는 한 가지 사실을 모르고 있었어요. 그건 바로 의천노공 우서한의 진정한 능력이었죠. 사랑하는 여인 앞에서 보인 유약함이나 부드러움은 사실 사랑으로 인해 포장된 겉모습일 뿐이었어요. 그가 법황의 후계자가 된 이유, 그 강력한 수련의 힘을 그녀나 현월문주가 잠시 잊고 있었던 거예요. 그는 결코 미혼약 따위에 무너질 사람이 아니었던 거죠."

"그래서 그녀를 죽였소?"

"아뇨. 그는 그녀를 진심으로 사랑했고, 그녀 역시 파산의 진언을 얻으려는 욕심만 제외하면 그를 진심으로 사랑했어요. 그러니 어떻게 그녀를 죽일 수 있었겠습니까. 대신… 그와 전전대 법황은 그녀와 현월문에 죽음 이외에 내릴 수 있는 가장 강력한 벌을 내렸어요. 그날 이후 현월문의 그 누구도 명계에 올 수 없다는……."

"그것이 그렇게 강력한 처벌이오?"

"고향에 가지 못하는 벌보다 더 견디기 힘든 벌이 있을까요?"

"고향이라……. 애초에 현월문도의 고향은 이 땅이 아니었소?"

"현월문도에게 마음의 고향은 언제나 명계의 월문이지요."

소시모가 단호하게 대답했다.

소시모의 말에서 적풍은 현월문도가 생각보다 월문에 대해 강력한 소속감을 가지고 있다는 것을 깨달았다.

"그래서 그 이후로 양계의 월문이 지금과 같은 관계가 된 거요?"

"그렇지요. 만약 그렇지 않다면… 이후 있던 여러 가지 일에 대해 좀 더 수월하게 대처했을 겁니다. 명계 월문이 고난을 겪지 않았어도 될 것이고… 그 어려움 중에도 의천노공께선 현월문의 법사들을 부르지 않았지요."

의천노공의 시대 밀교의 문이 열릴 위기에 처한 것이 두 번 있었다. 무황 적황과 검은 사자들에 의해, 그리고 적풍 자신에 의해. 그런데 그 두 번 모두 의천노공 우서한은 현월문의 법사들을 부르지 않은 것이다. 그러니 그가 현월문에 대해 가지고 있는 불신의 뿌리가 얼마나 깊은지 충분히 가늠할 수 있는 일이었다.

"본래 그가 좀 고지식하긴 하오."

적풍이 심드렁하게 대답했다.

"그만큼 그녀를 사랑했을 수도 있지요."

소시모가 다른 방향으로 대답했다.

"참, 그녀는 어떻게 되었소? 아직 살아 있소?"

의천노공 우서한이 살아 있다면 그 여인 또한 살아 있을 가능성이 컸다. 그러자 소시모가 고개를 저었다.

"그녀는 현월문으로 돌아온 지 십 년이 되던 해에 죽었지요."

"이상한 일이구려. 월문도의 수명은 우리 신혈족에 버금가는 것으로 알고 있는데."

"그만큼 마음의 병이 깊었다는 뜻이겠지요. 법황에 대한 미안함과 원망 같은……."

소시모가 말했다.

"원망이라……. 그녀가 의천노공을 원망할 자격이 있소?"

배신을 한 쪽은 그 여인이다. 그러니 원망을 하려면 의천노공이 해야 한다.

하지만 이 당연한 논리에 소시모는 동의하지 않는 모양이다. 그녀는 적풍의 말에 묵묵부답, 대답을 하지 않았다. 그건 곧 그녀가 적풍과 생각이 다르다는 뜻이다.

'하긴 현월문의 입장에서 생각하면 그럴 수도 있겠지.'

적풍은 소시모의 반응을 현월문도의 입장으로 해석하며 내심 수긍했다. 그때 소시모가 조심스레 입을 열었다.

"현 법황님께 이제 그만 과거의 죄에 대한 금족령을 풀어달라고 중재해 주실 수 있겠습니까?"

소시모의 물음에서 진심이 묻어난다.

그러자 적풍의 머릿속에 갑자기 의구심이 생겼다. 대체 왜 이 중요한 문제를 현월문주도 아닌, 단순히 무극산으로의 길 안내를 맡은 소시모가 하는 것일까? 아무리 그녀가 대법사라 해도.

더군다나 소시모는 무척 간절해 보이기까지 했다. 마치 그녀 자신이 반드시 명계 월문에 가야 할 사람처럼.

"그렇게 명계에 가고 싶소?"

적풍이 물었다.

"그렇습니다."

소시모가 속마음을 숨기지 않고 대답했다.

"대법사의 고향은 이곳이지 않소? 더군다나 지금까지 내가 만난 현월문의 사람들은, 현월문주조차도 이 문제를 거론하지 않았소. 그런데 대법사께선 왜 이렇게 간절한지 모르겠구려. 현월문주의 특별한 명을 받은 것이오?"

"그런 것은 아닙니다,."

소시모가 고개를 저었다.

그러자 더욱 궁금해졌다.

"달리 내가 모르는 사정이 있소?"

그러자 소시모의 얼굴이 조금 일그러지는 듯 보이더니 그녀가 신음처럼, 그리고 무척 낮고 빠르게 말했다.

"그 여인, 의천노공의 사랑을 배신한 그 여인의 이름은 소서아라 하지요."

"소서아……."

소시모와 성씨가 같다는 것에 특별한 느낌이 드는 순간 소시모가 말을 이었다.

"제 어머니십니다."

'고약하군.'

적풍은 내심 눈살을 찌푸렸다.

이건 월문의 문제가 아니라 그녀의 가족 문제였다. 소서아의 딸이라면 그녀가 의천노공 우서한의 딸이기도 하다는 말이다.

"설마… 내 짐작이 맞소?"

확인하듯 적풍이 물었다.

그러자 소시모가 대답 없이 고개를 끄떡였다.

"그도 알고 있소?"

적풍의 질문에 소시모가 고개를 저었다.

"알리지 않았어요. 그게 어머니의 유언이었죠."

"이해할 수 없는 일이구려."

"어머니는 돌아가실 때까지 죄책감에 사로잡혀 있었지요. 그런 상태에선 제 존재를 알릴 수 없었을 겁니다."

"그 결정을 이해한다는 것이오?"

적풍이 의아한 표정으로 되물었다.

그녀의 존재를 의천노공 우서한에게 알리지 않은 것은 어린 소시모에게는 큰 불행이라고 할 수 있었다.

"내 나이쯤 되면 세상에 이해 못할 일이 별로 없지요. 그래서 어머니를 이해해요. 후회, 두려움, 원망, 그런 감정들이 가끔은 엉뚱한 고집이나 혹은 실수로 나타나게 마련이니까요. 우린 모두 인간이고 인간은 누구나 실수를 하며 살지요. 다만 이제는 살아 계신 동안 한 번 정도는 만나고 싶군요. 그래서 성주께 부탁드리는 겁니다."

소시모는 무척 불편한 상태로 자신의 과거를 털어놓기 시작했지만 이야기를 하면서 스스로의 감정을 정리한 듯 보였다.

그러자 적풍이 물었다.

"대법사의 존재를 말해도 되오?"

"필요하다면 그렇게 하세요."

소시모는 애초부터 자신의 존재를 의천노공 우서한에게 숨길 생각이 없는 듯싶었다.

"알겠소. 기회가 온다면 말해보리다."

"감사합니다."

소시모는 진심으로 적풍에게 감사한 마음을 표현했다. 그러자 적풍이 고개를 저으며 말했다.

"그 말은 일이 성사된 후에 듣겠소. 그리고 사실 나도 비슷한 일을 겪어서 대법사의 문제를 꼭 해결해 드리고 싶은 생각이 드는구려. 동병상련이랄까."

어린 시절 무황 적황이 떠난 이후 어머니 유하와의 삶이 떠올라서인지 적풍은 쓸쓸한 표정을 지으며 말했다.

그렇게 두 사람이 소시모의 출생의 비밀, 그리고 전대 월문에서 일어난 일단의 사건들을 이야기하는 사이 일행은 어느새 십자성을 눈앞에 두고 있었다.

"다 왔습니다!"

어느새 두 사람을 앞서 가 있던 이위령이 소리쳤다.

적풍이 시선을 돌리니 그에게 익숙한, 그러나 또 한편으로는 익숙하지 않은 성이 눈에 들어왔다. 십자성이다.

곳곳에서 느껴지는 차가운 살기, 군데군데 존재하는 보지 못하던 나무와 돌들이 십자성을 생경하게 느끼게 만들었다. 마치 자신의 집이 아닌 다른 집에 온 것 같은 느낌이다.

'이래서는 어차피 새로 지어야 할 일이었군.'

그가 칠왕에게 요구한 것들이 정말 필요한 일이었다는 생각이 드는 적풍이다.

현월문의 문주 가륵에 의해 변한 함정으로서의 십자성은 적풍이 결코 살고 싶지 않은 모습을 가지고 있었다.

음습한 기운이 성 전체를 덮고 있었고, 일단 성안으로 들어오면 누구도 빠져나갈 수 없는 절대의 사지(死地)로 변해 있었다.

"이 기운⋯ 조금은 익숙한데요?"

이위령이 성안에서 느껴지는 싸늘한 기운에 몸을 움츠리면서도 이상하게 익숙하게 느껴지는 기운에 의문을 드러냈다.

그러자 그의 뒤를 따르고 있던 소두괴가 말했다.

"북두현진이요."

"응?"

이위령이 소두괴를 돌아보며 되물었다.

"북두현진을 기반으로 하고 있다고요. 성에 펼쳐진 함정이."

"아, 그런가? 그래서⋯⋯."

이위령이 그제야 익숙함의 이유를 알고는 고개를 끄떡였다.

월문 최고의 비진은 북두현진이다. 그러니 현월문주 가륵이 십자성에 함정을 만들면서 사용했을 진의 원형 역시 북두현진과 닮을 수밖에 없었다.

적풍 일행은 성으로 들어온 후 익숙한 길을 걸어 본래 적풍의 거처이던 곳으로 향했다. 그러자 그곳에 칠왕의 전사들이 보였다.

"우리가 제일 늦은 건가?"

이위령이 급한 마음이 드는지 중얼거렸다.

그러자 소시모가 대답했다.

"아니오. 아직 무황과 오손의 왕께서 오지 않으셨소."

"다행이군. 난 혹시 우리가 제일 늦은 것이 아닌지 걱정했네."

이위령이 안도의 숨을 내쉬는데 건물 안에서 가륵이 나와 적풍을 마중했다.

"어서 오시오, 성주!"

"준비는 끝났소이까?"

적풍이 물었다.

"얼추 다 되었소이다. 이제 칠왕이 자리를 잡으면 끝이오."

"역시 북두현진이구려."

"월문의 모든 진법은 결국 북두현진에서 파생되니 당연한 일 아니겠소? 그리고 칠왕의 힘을 가장 완벽하게 구현할 수 있는 것 역시 북두현진이오."

가륵의 설명에 적풍이 고개를 끄떡였다. 무색의 술사 차요담이 월문 출신이고, 그가 일곱 개의 신검을 만들었다면 분명 북두현진을 염두에 두었을 것이다.

"그의 행보는 확인되고 있소?"

적풍이 다시 물었다.

"하룻길이 남았다고 하더구려."

"그럼 오늘 밤 모든 준비를 마쳐야겠구려."

"아무래도 그렇소이다. 그러니 미리 쉬어두시는 것이 좋겠소."

가륵이 휴식을 권했다.

그러자 적풍이 마다하지 않고 고개를 끄떡였다.

"알겠소."

"본래 성주께서 기거하던 곳은 비워두었소."

"후후, 고맙다고 해야 하는 거요?"

적풍이 씁쓸하게 웃으며 되물었다.

"무슨 말씀을. 애초에 성주의 성이지 않소. 감사의 말은 내가 해야 할 것이고."

가륵도 가벼운 미소로 대답했다.

적풍과 일행은 애초에 적풍의 처소가 있던 성 북동쪽 건물에 들어가 밤이 오기를 기다렸다.

가륵은 휴식을 취하라고 했지만 누구 한 명 잠을 청하는 사람이 없었다.

오늘이 지나고 내일이 오면 이 땅의 운명을 결정지을 싸움이 벌어질 것이다. 그런 싸움을 앞둔 자는 결코 잠에 들 수 없는 법이다.

누구는 깊은 사색에 잠기고, 또 누구는 눈을 감고 운기를 하며 기운을 가다듬는 사이 어느새 어김없이 해가 지고 밤이 찾아왔다.

그리고 기다렸다는 듯이 어둠과 함께 적황과 오손의 왕 하막도 성에 들었다.

그러자 가륵이 칠왕을 호출했다.

가륵이 칠왕을 호출한 곳은 십자성 남쪽에 치우친 거대한 망루였다. 십자성 앞쪽으로는 아래로 길게 깎여 내린 제법 높은 절벽이 위치에 있어 성으로 다가오는 적을 살피기 위한 망루는 필요가 없었다.

하지만 적풍과 십자성의 사람들은 성을 쌓을 때 절벽 위쪽에 굳이 거대한 망루를 만들었다. 사실 특별한 이유는 없었다. 단지 그들은 명계 십자성의 모습을 이곳에서 비슷하게 재현하고 싶었을 뿐이다.

그 망루에 칠왕이 모여들었다.

그런데 칠왕의 회합에 벽루에서와 달리 한 사람이 더 모습을 드러냈다. 물론 그는 칠왕과는 멀찍이 떨어져 있었는데 감히 칠왕과 한자리에 있을 수 없다는 듯한 태도였다.

아바르의 젊은 영웅 구룡이었다.

구룡이 망루의 모임에 온 것은 어찌 보면 당연한 일이었다.

본래 가륵이 준비한 십자성의 함정은 일곱 개의 신검이 각 진의 한 방위를 책임질 때 그 위력이 극대화된다. 그런 면에서 보자면 일곱 개의 신검 중 하나를 적황이 소유하는 것이 가장 좋았으나 적황은 절대 신검을 들려 하지 않았다.

그래서 어쩔 수 없이 불의 검은 여전히 구룡의 손에 있었고, 신검의 주인으로서 구룡도 이 회합에 참여하게 된 것이다.

그러나 신검의 주인이라 해도 구룡은 칠왕으로 인정될 수 없었다. 나이도 나이려니와 그 스스로도 자신이 칠왕이 아닌 십자성의 무사이며 적풍의 수하임을 고집했기 때문이다.

그래서 그는 단지 이 회합에서의 결정에 따를 뿐 신검주로서의 어떤 의견도 내세우려 하지 않았다.

"일곱 개의 방위와 하나의 문, 그것이 이 함정의 근간이오. 그리고 여기서 가장 중요한 것은 결국 하나의 문이오."

가륵이 자신이 십자성에 만들어놓은 함정을 설명하면서 적황을 바라봤다.

일곱 개의 방위는 신검의 주인들이 지키게 될 것이다. 그러면 자연스럽게 하나 남은 문은 적황의 차지가 된다.

"칠검이 하나의 진으로 움직이면 오히려 더 완벽한 것 아니오? 굳이 하나의 문을 만든 이유는 뭐요?"

가륵의 설명을 듣고 있던 천인총의 왕 사삼우가 물었다. 싸움에 관한 한 칠왕 중에서도 사삼우를 따를 자가 없다.

"물론 완벽할 수는 있소. 하지만 완벽한 그릇은 또한 깨지기 쉽소."

"무슨 말인지 모르겠구려."

"그를 완벽하게 가두는 순간 그는 자신의 죽음과 여러분의 목숨을 교환하려 할 거요."

"음……."

가륵의 설명에 칠왕이 나직하게 신음을 냈다. 대카르 사칸이 공멸을 각오하고 반격할 경우 칠왕 중 일부가 죽을 수도 있음은 누구나 알고 있는 일이다.

그래서 가륵은 하나의 문을 만들어 그 문으로 사칸의 탈출을 유도하려 한 것이다.

탈출할 수 있는 문이 존재하는 이상 가륵은 살기 위해 힘을 쏟을 것이다. 공멸의 수를 생각할 여유가 없을 것이기 때문이다.

"하지만 그가 정말 탈출을 한다면 어쩌겠소?"

적황이 하나의 문을 지킬 것이지만, 일곱 명의 합공을 견뎌 낸 가륵을 적황 홀로 제거하기란 쉬운 일이 아니다.

"칠왕의 검진을 벗어나면 물론 그는 성을 나갈 수 있을 거요. 솔직히 무황께서도 홀로 그를 제압하기는 어려울 것이오."

가륵이 대답했다.

"대체 그게 무슨 말이오? 애써 함정에 끌어들인 자를 탈출시켜 보내겠다니?"

천인총의 사삼우가 화가 난 듯 물었다.

"걱정 마시오. 설혹 탈출에 성공한다 해도 그는 치명적인 부상을 입은 상태일 거요. 무황께서도 그를 굳이 그 자리에서 죽이려 하실 필요는 없소이다. 단지 그에게 최대한 피해를 주면 족하오. 그리고 그때부턴 사냥을 하는 것이오. 부상을 입은 사냥감은 결국 스스로 지쳐 죽게 되어 있소. 공멸의 수를 없애고 시간이 걸리더라도 완벽한 승리를 위한 계획이오."

가륵의 설명을 들은 사삼우도 결국 그의 계획에 수긍할 수밖에 없었다. 가륵의 계획이 칠왕의 안전을 위해 만들어진 계획임을 알기 때문이다.

사삼우가 침묵으로 동의하자 가륵이 북쪽으로 손을 들었다. 그리고 어둠 속에서도 신령스러운 흰빛을 뿜어내는 설봉을 가리켰다.

"그자를 저 설봉으로 몰 생각이오. 설봉 근처에는 숲이 없으니 그자가 숨을 곳도 없을 거요."

"사악한 자가 죽기에는 적당한 곳이구려."

바람의 왕 장유황이 고개를 끄떡였다.

적풍 역시 내심 무극산 설봉이 대카르 사칸의 무덤으로 적당하다고 생각하며 어둠 속의 설봉을 응시했다.

"모두 내 계획에 동의하셨다면 정해진 위치로 이동해 준비해 주시오. 그가 새벽에 올지, 혹은 날이 밝으면 올지 모르겠소."

가륵이 말했다.

"설마 밝은 날 오겠소?"

사삼우가 고개를 저으며 말했다.

그러자 가륵이 대답했다.

"그는 밤낮을 가리지 않을 것이오. 그에게는 낮의 밝음도 밤의 어둠으로 바꿀 수 있는 능력이 있지 않소?"

가륵의 말에 칠왕이 새삼스레 어둠의 마룩 시대에 그가 보였다는 사악한 법술을 떠올렸다.

어둠의 마룩이 천하를 지배하던 시기, 그의 시간은 언제나 밤이었다. 설혹 하늘에 태양이 떠 있는 시간이라 해도 그의 법술이 천하를 어둠으로 물들였기 때문이다.

그러니 그의 정념을 얻은 사칸 역시 낮을 밤으로 만드는 능력이 있을 터였다.

"아무튼 기대가 되기는 하는구려. 과연 어떤 능력을 가지고 있을지."

적황이 중얼거렸다.

사실 어둠의 마룩에 대한 이야기는 모두 과거로부터 전해들은 것이다. 칠왕 중 누구도 마룩의 법술을 직접 경험한 사람은 없었다. 그러니 두려운 한편 사칸에 의해 재현될 마룩의 법술이 궁금하기도 한 것이다.

"아무튼 사냥은 시작됐소. 이 땅의 운명이 걸린 일이니 모두 힘을 내봅시다."

가륵이 마지막으로 칠왕을 독려했다.

"한번 제대로 싸워봅시다. 먼저 가겠소."

바람의 왕 장유황이 망루에서 훌쩍 몸을 날렸다. 그는 마치 허공을 걷듯 어두운 밤하늘로 나아가더니 순식간에 자취를 감췄다.

"자, 우리도 갑시다."

장유황이 떠나자 이번에는 석림의 왕 석두인이 망루를 떠났다. 그러자 뒤를 이어 다른 칠왕도 속속 망루를 벗어났다.

"조심들 하거라."

그들의 뒤를 이어 망루를 떠나려던 적황이 적풍과 구룡을 돌아보며 말했다.

"무황께서야말로 무리하지 마십시오."

구룡이 고개를 숙여 보이며 대답했다.

"하하하, 얼마 남지 않은 목숨, 무엇이 아까우랴."

"그래도 아바르는 아직 무황님이 필요합니다."

구룡이 말했다.

"글쎄, 이번 전쟁이 끝나면 그렇지도 않을 것 같구나. 위대한 후원자 십자성주에 새로운 젊은 영웅 구룡까지… 이제 나 무황의 시대는 끝나는 것이지. 그 끝을 마룩의 후예로 장식한다면 즐거운 일이 아니겠는가. 하하하!"

적황은 이 상황을 즐거운지 호탕한 웃음을 터뜨리며 천천히 망루에서 내려갔다.

적풍은 적황의 뒷모습을 걱정스러운 눈으로 바라봤다. 두 개의 세계를 아우르며 거대한 신화를 이룩한 거인의 뒷모습이

왠지 모르게 쓸쓸해 보였다.

그런 적풍의 마음을 알아챘을까, 가륵이 적풍 곁으로 다가서며 말했다.

"너무 걱정 마시오. 누가 뭐래도 그분은 이 땅의 절대자 중의 절대자 무황이오."

"하지만 절대자 이전에 사람이오. 사람은 누구나 늙고."

적풍이 중얼거렸다.

"내가 곁에 있을 것이오. 무황께서 홀로 사칸의 법술을 상대하는 일은 없을 것이오."

가륵이 안심시키듯 말했다.

"무황의 마지막은 누가 뭐래도 그의 성(城)이어야 할 거요."

적풍이 경고하듯 말했다.

반드시 무황 적황이 살아야 한다는 뜻이다. 그 경고에 가륵이 잠시 얼굴을 굳혔다. 무황이 이곳에서 죽을 경우 적풍이 어떻게 변할지 가늠할 수 없어 불안한 표정이다.

"내가 살아 있는 한 무황도 살아 있을 것이오."

가륵이 약속하듯 말했다.

그러자 적풍이 가륵을 보며 진지하게 말했다.

"무황을 지켜준다면 나 또한 그대들의 부탁을 들어주겠소."

"부탁이라면……?"

"소시모 대법사가 한 부탁 말이오."

"음, 결국 소 대법사가 그 말을 꺼낸 모양이구려."

가륵이 침통한 표정으로 말했다.

"동의한 일이 아니오?"

"단지 말리지 않았을 뿐이오."

가륵이 자존심을 지키려는 듯 말했지만 어두운 얼굴을 감출 수는 없었다. 소시모의 부탁이 있었다면 현월문의 어두운 과거, 배신의 역사도 함께 전해졌을 것이기 때문이다.

"아무튼… 좋은 거래를 해봅시다."

적풍이 그 말을 남기고 구룡과 함께 망루를 떠났다. 그러자 가륵이 조금은 허탈한 표정으로 중얼거렸다.

"이상한 일이지? 십자성주와 말을 섞다 보면 언제나 내가 조금은 손해를 보는 느낌이 든단 말이야."

제7장
완벽한 함정, 그리고 작은 틈 하나

적풍은 성의 정 북쪽 방위에 자리했다. 어떻게 보면 칠왕의 중심축 역할을 하는 자리다.

이런 방위의 지정은 사람이 아니라 검의 성격에 따라 이뤄졌다. 전왕의 검은 칠왕의 검 중에서도 가장 강력한 힘을 가진 검으로 알려져 있었다.

그래서 칠왕으로서는 그들에 비하면 어린 나이의 적풍이지만 그가 진의 중심에 위치하는 것에 이의를 제기하지 않았다.

그렇게 적풍을 중심으로 칠왕이 각자의 신검을 든 채 일곱 방위를 점했다.

물론 그들의 모습이 겉으로 드러나지는 않았다. 그들은 모습을 숨긴 채 대카르 사칸이 등장하기를 기다리고 있었다.

그렇다고 무턱대고 사칸이 성에 들어오기만을 기다리는 것은 아니었다. 성의 중심부에 위치한 제법 너른 공터에선 붉은 빛이 은은하게 번져 나오고 있었다.

그건 불타오르는 것과는 조금 다른 모양이었다. 마치 거대한 분화구 속에 터지기 직전의 용암이 끓고 있는 것처럼 화염이 밖으로 터져 나오지는 않지만 강력한 열기를 지닌 그 무엇인가가 땅속에서 흘려내는 빛 같았다.

이 특별한 열기를 만들어낸 사람은 가륵이다. 그는 성 중앙 공터에 이십 장이 넘은 웅덩이, 아니, 웅덩이라기보다는 거대한 무저갱을 만들어놓고 있었다.

그리고 그 안에 무엇을 넣었는지 정말 용암이 끓는 듯한 광경을 연출해 냈다.

적풍이 물었을 때 그저 미소를 지으며 현월문의 비술이라고만 설명한 이 특별한 무저갱은 적풍으로 하여금 새삼스레 월문의 무서움을 느끼게 만들 정도였다.

어쨌든 월문의 비술로 만들어진 이 놀라운 무저갱은 대카르 사칸을 끌어들일 충분한 유인책이 될 것이다.

전설에 따르면 마룡 우루노는 태양과 같은 열기를 지닌 괴물이었다고 한다. 그 뜨거움은 화산이 터지는 것 같고, 그런 열기가 만들어내는 불의 힘은 천하를 태울 듯이 강렬한 것이었다고 전해진다.

그런 열기를 만들어내기 위해 마룡 우루노가 지나간 땅은 그 양기를 흡수당해 죽음의 땅, 혹은 열기라고는 한 올도 남아 있지 않은 극한의 땅으로 변했다고 한다.

그런 열기를 지닌 마룡 우루노의 유진이라면 당연히 극양의 모습으로 존재해야 한다. 그리고 오늘 십자성에 가륵이 만들어 놓은 이 인공의 무저갱은 정확하게 그 모습에 어울렸다.

쿵쿵쿵!

가륵이 만든 무저갱의 주변에서는 새벽부터 묵직한 굉음이 울리고 있었다.

마치 거대한 기구를 이용해 땅을 파는 듯한 모습과 그것으로부터 흘러나오는 굉음은 마룡 우루노의 유진을 얻기 위해 작업을 하는 것으로 보이기에 충분했다.

이 모든 것을 눈으로 확인한다면 대카르 사칸은 도저히 십자성 안으로 들어오지 않을 수 없을 것이다.

그리고 정말 그가 왔다.

"후우욱! 후우욱!"

가마를 멘 서웅족의 괴인들이 연신 거친 숨을 내쉬었다. 사람을 넘어 야수의 몸이라고 부르는 것이 더 어울리는 서웅족의 거인들은 타고난 신력으로 인해 가마 정도 메는 것으로는 결코 호흡이 거칠어질 자들이 아니었다.

그럼에도 숨소리가 거친 것은 거의 이틀 동안 제대로 쉬지도 않고 산길을 달려왔기 때문이다.

당연히 그들이 멘 가마에 탄 자는 대카르 사칸이었다.

사칸의 움직임은 불안정했다. 처음 원주족의 진영을 떠날 때는 여행을 하는 것처럼 느리게 움직였다. 하물며 적의 땅으로 오면서 가마까지 동원하는 여유를 보였다.

그런데 그렇게 여유롭게 길을 떠나 침묵의 강 동쪽의 높고

가파른 절벽 길을 통과해 옥서스에 다다르자 그때부터 사칸은 무서운 속도로 움직이기 시작했다.

마치 그를 노리는 자들에게 어떤 기회도 주지 않겠다는 듯, 혹은 무극산에서 마롱 우루노의 유진을 찾고 있는 자들이 그의 방문에 대비할 시간을 주지 않겠다는 듯 그렇게 그는 이틀 동안 거의 단 한순간도 쉬지 않고 무극산 십자성의 영역에 들어온 것이다.

그러니 아무리 강골을 타고난 서웅족 전사들이라고 해도 가마를 메고 달려온 길이 쉬울 리 없었다.

"저곳이군."

대카르 사칸이 느릿하게 가마에서 몸을 일으켜 십자성을 바라봤다. 가마를 메고 뛰다시피 달려온 서웅족은 지친 기색이 역력했지만 가마 위에 누워 여행한 사칸은 십자성을 보자 오히려 생기가 도는 모습이다.

"범상치가 않습니다."

그의 오랜 충복이자 드루족 최고의 법술가들로 알려진 삼대 법사 마니, 합골, 돌룩이 말을 탄 채 사칸을 호위하고 있었다. 그중 마니가 입을 열었다.

"음, 역시 심상치 않지? 저 빛……."

사칸이 날이 밝아오고 있음에도 불구하고 태양의 빛을 이기고 십자성 위로 번져 나오는 붉은 기운을 보며 말했다. 그 와중에 자신도 모르게 한차례 혀를 내밀어 입술을 적셨다. 탐욕이 일어나고 있다는 의미이다.

"그렇습니다, 소문이 사실일 수도 있겠습니다."

마니가 대답했다.

"후후, 마니 그대는 이 소문이 함정일 가능성이 크다고 하지 않았나?"

"그렇습니다, 정황이 그러했으니까요. 그러나……."

"이젠 생각이 변했다?"

"적어도 확인은 해봐야 할 것 같습니다. 저런 신령스러운 빛이라는 것은……."

"마룡의 신단이 아니면 내기 힘든 빛이지."

사칸이 단정적으로 말했다.

어찌 보면 마음이 급한 것 같기도 했다.

"그러나 어쨌든 칠왕의 사람들이든 현월문의 법사든 누군가는 저곳에 있을 겁니다. 물론 단단히 준비를 하고 있을 것입니다."

"물론 그렇겠지. 하지만 그들이 우리의 움직임을 온전히 파악하고 있을 거라고는 생각지 않네. 만약 그랬다면 중도에 우리를 막았어야 해."

"그렇긴 하지만……."

"아무튼 상관없어. 모두 죽이면 그만이니까. 준비들 해."

사칸이 뒤를 돌아보며 말했다.

그러자 그를 따라온 일백여 명의 원주족 전사들이 일제히 도검을 뽑아 들었다.

"밤을 기다리심이……?"

삼대법사 중 합골이 조심스럽게 말했다.

"어둠이 좋긴 하지만 오늘은 아닌 것 같군. 밤이 올 때를 기다리다가는 변수가 생길 수 있어. 그럴 것이면 이렇게 급하게 올 필요가 없었지."

사칸이 합골의 조언을 거절했다.

"알겠습니다."

합골이 두 번 말하지 않고 고개를 숙여 보였다.

"모두 들어라. 미리 성을 살핀 자들의 말에 의하면 성에 있는 자들의 숫자는 일백을 넘지 않는다. 그러니 일거에 멸살할 수 있는 숫자다. 너희들은 위대한 원주족 최고의 전사들이다. 또한 나 사칸이 함께하니 두려워 말고 적을 죽여라."

"예, 대카르!"

다양한 종족에서 가려 뽑은 원주족이 일제히 대답했다.

"이곳에서 마룡의 신단을 얻는다면 그땐… 마룡협의 전쟁 따위는 필요하지도 않아. 이대로 걸음을 돌려 칠왕의 성들을 차례로 방문하겠다. 그리고 그들의 철저히 무너뜨려 주겠다."

"모든 것이 대카르님의 뜻대로 될 것입니다."

마니가 두려운 표정으로 말했다.

"좋아, 그럼 시작해 보자."

사칸이 고개를 끄떡이고는 가마 위에서 가볍게 날아올랐다. 그러자 그의 몸이 마치 솜털처럼 허공으로 떠오르더니 그대로 산비탈을 타고 날 듯이 달리기 시작했다.

그 뒤를 따라 일백의 원주족 기마전사들이 지금까지와는 달리 천둥 같은 말발굽 소리를 일으키며 십자성을 향해 돌격하기 시작했다.

두두두!

땅을 통해 전해지던 말발굽 소리가 성벽을 타고 넘어 십자
성에 들어와 있는 모든 칠왕의 전사들에게 전해졌다.

당연히 적풍 역시 그의 발끝으로 전해지는 지축의 울림을
들었다. 그리고 잠시 후 갑자기 아침이 사라졌다.

쿠오오!

사막에서 모래바람이 불어오듯 불어온 검은 구름이 한순간
에 십자성을 덮쳤다. 그러자 영롱하던 아침 햇살이 사라지고
십자성이 어둠에 휩싸였다.

"좋군."

적풍이 어두워진 성내를 바라보며 중얼거렸다. 그의 성격으
로 보면 흐린 하늘이 어울린다. 그 흐림 속에서 오히려 편안함
을 느끼는 적풍이다.

우우웅!

검은 기운이 십자성을 뒤덮는 순간부터 울기 시작한 사자검
이 좀 더 강렬한 떨림으로 자신의 존재를 알렸다.

"기다려, 아직은 아니야. 하지만 오늘은 아마 충분히 즐기게
될 거다."

적풍이 한 손으로 사자검을 쓰다듬으며 중얼거렸다.

콰앙!

그 순간 적풍의 귀에 벼락 치는 소리가 들렸다.

쩌저적!

뒤를 이어 적풍과 십자성의 전사들이 힘들여 만든 거대한
나무 성문이 박살 났다.

"젠장, 문을 깨뜨릴 것까지는 없잖아?"

적풍이 투덜거렸다.

그러나 그의 투덜거림은 오래가지 않았다. 무너진 문을 넘어 무서운 속도로 질주해 들어오는 일백여 명의 원주족 전사들이 보였기 때문이다.

두두두!

원주족 전사들은 성내로 들어와서도 질주를 멈추지 않았다. 물론 십자성에 들어와 있는 칠왕의 전사들 역시 그들을 막지 않았다.

막는 자들이 없자 원주족 기마전사들은 순식간에 붉은 기운을 뿜어내는 무저갱 앞에 도달했다.

화르르!

원주족 기마전사들이 도착하자 무저갱에서 올라오는 열기가 더욱 강렬해졌다.

그러는 사이 대카르 사칸이 드루족 술사들의 호위를 받으며 무저갱 앞으로 다가섰다.

쿠오오!

무저갱에서는 끊임없이 붉은 기운이 솟구치고 있었다. 무저갱 곳곳에 아래쪽으로 내려가기 위해 설치한 기관들이 이어져 있었는데, 이상하게도 그 안에는 단 한 명의 사람도 보이지 않았다.

대카르 사칸이 끊임없이 올라오는 붉은 기운을 유심히 바라보다가 무겁게 중얼거렸다.

"함정이군."

"예?"

그의 곁에 있던 삼대법사가 놀라 사칸에게 되물었다.

"함정이다. 마룡의 신정은 이곳에 없다."

"하지만 그럼 이 기운은……."

"모르지, 어떤 재주로 만든 것인지. 하지만 마룡의 신정이 있다면 나의 기운에 호응했어야 한다. 마룡의 신단에는 어둠의 마룩께서 각인한 정념이 일부 남아 있다. 그로 인해 우루노는 언제나 그분께 복종했지. 그러니 그 기운을 얻은 내가 왔으니 정말 이곳에 마룡의 유진이 존재한다면 어떤 식으로는 나의 기운에 호응해야 한다. 하지만 어떤 변화도 없지 않은가?"

"하지만 그렇다고 함정이라고 하기에는……."

합골이 의구심이 드는 표정으로 주위를 돌아봤다.

여전히 그들을 공격하는 자는 아무도 없었다.

"아니, 이건 함정이다. 이곳에 올 때까지 우릴 막는 자가 단 한 명도 없었다는 것이 또 다른 그 증거다. 모두 이곳을 탈출한다. 앞을 막는 자는 모두 죽여라!"

사칸의 입에서 살기가 뚝뚝 떨어지는 명이 흘러나왔다. 그러자 원주족 전사들이 말머리를 돌려 그들이 들어온 길을 향해 말을 몰기 시작했다.

그런데 그때 미처 선두의 전사들이 채 십여 장을 전진하기도 전에 사방에서 화살이 날아들기 시작했다.

순간 사칸이 두 손을 들어 올리며 괴이한 진언을 외우기 시작했다. 사칸의 주문이 이어지자 원주족 전사들을 휘어 감고 있던 검은 기운이 더욱 짙어졌다.

그러자 원주족 전사들을 향해 날아오던 화살들이 마치 물속에 꽂히는 것처럼 힘을 잃고 맥없이 추락했다.

이러한 술법을 이미 전장에서 충분히 경험한 칠왕의 전사들이었지만, 당시 드루족의 일부 술사들이 펼치던 술법과 사칸이 만들어내는 술법의 차이는 하늘과 땅처럼 큰 것이었다.

"공격합시다!"

화살이 힘을 발휘하지 못하자 현월문주 가륵이 칠왕을 향해 소리쳤다. 그러자 칠왕이 일곱 방위에서 하늘로 솟구치더니 묘한 진형을 형성한 채 사칸을 향해 신검들을 뻗어냈다.

콰아아!

일곱 개의 신검에서 흘러나오는 기운은 장엄했다. 각기 다른 기운, 다른 색깔, 그리고 다른 형태의 검기를 형성한 일곱 개의 신검이 그대로 사칸을 향해 몰려들었다.

이들 일곱 신검의 주인들은 단 한 번도 합공을 수련한 경험이 없었다. 그럼에도 불구하고 신검의 주인들은 마치 오랫동안 한 가문에서 합공의 검술을 익혀온 것처럼 미세한 틈도 없이 사칸을 공격했다.

순간 사칸의 얼굴에 당황한 빛이 드러났다. 언제나 여유롭던 그조차도 이곳에 신검의 주인 모두가 와 있을 거라고는 예상치 못한 모양이다.

더군다나 일곱 개의 신검이 만들어내는 기운이 단번에 자신이 만든 검은색 기운을 밀어내 원주족 전사들에 대한 방어막을 사라지게 만들었다.

방어막이 사라지자 성 곳곳에 위치한 칠왕의 전사들이 날리는 화살이 무서운 위력을 발휘했다.

마니 등 드루족 삼대법사가 여전히 술법을 펼치고 있었지만 그들이 지켜낼 수 있는 공간은 사칸과 큰 차이가 있었다.

"악!"

"크윽!"

곳곳에서 원주족 전사들이 죽어가기 시작했다. 하지만 사칸은 더 이상 그들을 보호할 수 없었다. 어느새 일곱 명의 신검주가 그의 눈앞까지 닥쳐와 있었다.

"각자 살길을 찾아라!"

사칸이 마지막 명을 내렸다. 더 이상 보호할 수 없는 수하들에 얽매여 자신조차 위험에 빠질 수는 없었다.

사칸이 밀려드는 칠왕을 향해 손을 뻗으며 빠르게 진언을 외웠다. 그러자 사방을 덮고 있던 검은 기운이 무서운 속도로 그의 손으로 빨려드는가 싶더니 갑자기 일곱 갈래로 갈라져 칠왕을 향해 검처럼 뻗어 나갔다.

콰아앙!

단지 소리만으로 멀리 떨어진 성벽이 허물어지고 건물이 쓰러지는 파괴력을 만들어냈다.

그리고 더 놀라운 일도 이어졌다.

"음!"

"으음!"

사칸을 공격하던 칠왕 중 일부가 신음을 흘려내며 뒤로 물러났다. 개중에는 구룡도 있었다.

칠왕의 얼굴에 당황한 기색이 떠올랐다. 마룩의 정념을 이은 사칸이 강할 거라고는 예상했지만 설마 칠왕의 합공을 막아내고 오히려 반격을 가할 정도일 거라고는 예상치 못한 것이다.

"후후후, 칠왕이라⋯⋯. 좋은 기회지. 마룡의 신단을 얻지 못하는 대신 일곱 개의 신검을 거둔다면 이곳에 온 보람이 있지 않겠는가?"

한 번의 반격으로 우위를 점했다고 생각한 사칸이 득의의 웃음을 흘리며 중얼거렸다.

순간 멀리서 현월문주 가륵의 목소리가 들렸다.

"진형을 깨지 마시오! 칠검은 그 스스로 완벽한 검진을 형성할 것이오!"

가륵의 외침을 들은 칠왕이 퍼뜩 정신을 차리고 다시 일곱 방위를 점하며 검진을 형성했다.

그러자 칠검이 제각기 특이한 검음을 일으키며 마치 자신들의 주인을 이끌 듯 칠왕의 움직임을 제어하기 시작했다.

그 움직임에 따라 칠검에서 흘러나온 신묘한 기운이 다시 사칸을 에워싸기 시작했다.

"죽어라!"

사칸이 검진을 형성하는 칠왕을 향해 재차 일곱 갈래의 검은 기운을 뿜어냈다.

쿠웅!

사칸의 기운과 칠왕의 검진이 충돌하자 다시 묵직한 충돌음이 일어났다.

그런데 이번 충돌은 앞서와 달랐다. 칠왕의 검진은 마치 사칸의 기운을 흡수하듯 받아들여 신검주들이 앞서와 같은 타격을 받지 않았다.

반면 검진으로부터 생겨난 반탄력으로 인해 오히려 사칸이 충격을 받은 모습이다.

"음!"

사칸의 입에서 나직한 신음이 흘러나왔다. 그러자 신검이 만들어내는 검진의 힘을 깨달은 칠왕이 사칸을 압박하기 시작했다.

신검들이 만들어내는 고색창연한 검진 속에서 사칸은 그물에 갇힌 고기처럼 발버둥 쳤다.

그러나 사칸이 아무리 발버둥 쳐도 그는 신검의 검진을 깨뜨리지 못했다.

오히려 신검주들이 조금씩 검진의 크기를 줄이기 시작하자 그가 움직일 수 있는 공간이 급격하게 줄어들었다.

이러다가는 한순간에 검진에 휩쓸려 온몸이 산산조각 날 것처럼 보일 정도였다.

그러자 갑자기 사칸의 눈빛이 변했다.

"결국 나로 하여금 최후의 수단을 쓰게 만드는구나."

사칸의 입에서 살기 어린 목소리가 흘러나왔다. 그리고 그의 눈이 완전한 백색으로 변했다. 마치 마룩의 혼령을 불러내는 영매처럼 변한 사칸이 두 손을 들어 올리며 주문도 아니고 비명도 아닌 소리를 질러댔다.

"무아툭!"

사칸의 입에서 흘러나온 소리가 그의 검은 기운과 함께 사방으로 퍼져 나갔다. 그러자 그토록 견고하던 칠왕의 검진에 균열이 가기 시작했다.

쩌저적!

단지 검의 기운으로 이뤄진 검진에서 마치 바위가 쪼개지는 것 같은 소리가 났다.

그리고 한순간 북쪽 방향으로 검은 기운이 물밀 듯이 흘러나가기 시작했다.

검진이 깨진 것이다.

"다시 돌아오겠다! 그땐 모두 죽여주마!"

사칸이 한마디 경고를 남기고 바람처럼 북쪽으로 벌어진 검진을 뚫고 나갔다.

쐐애액!

검진을 벗어나는 사칸의 몸은 마치 공간을 무시하고 이동하는 것처럼 보였다.

검진 안에 있던 그가 어느새 검진을 벗어났다 싶은 순간, 그는 북쪽 성문에 도달해 있었다.

콰앙!

사칸의 손에서 검은 기운이 다시 한 번 뻗어 나오자 단단하던 십자성의 북문이 단숨에 부서졌다.

사칸이 열린 북문을 향해 다시 몸을 날렸다. 그런데 그 순간 갑자기 영롱한 청색 기운이 성문 위에서 사칸을 덮쳤다.

순간 사칸이 재빨리 걸음을 멈추고 머리 위로 두 손을 들어올렸다. 그러자 그의 손에서 흘러나온 검은 기운과 성문 위 성벽에서 내려오던 청색 기운이 허공에서 격돌했다.

"현월문의 여우들이로구나!"

사칸이 하얗게 변한 얼굴로 자신을 덮친 푸른 기운의 정체를 알아보고는 이를 갈며 소리쳤다.

그의 말처럼 사칸을 덮친 푸른 기운은 가륵을 중심으로 한 월문의 대법사들이 만들어내는 것이었다.

"겨우 월문의 법술 따위로 위대한 마룩의 힘을 이겨낼 것 같으냐?"

사칸이 포효하듯 외치며 두 손을 하늘을 떠받치는 자세로 재차 위로 밀어 올렸다.

그러자 그의 기운과 힘겨루기를 하고 있던 월문 법사들의 청색 기운이 서서히 흩어지기 시작했다.

가륵을 포함한 대법사들의 합공을 오히려 흩어버리는 사칸의 술법은 놀라운 것이었다.

그런데 그렇게 이 신비한 두 부류 술사들의 승부가 끝나려는 순간, 갑자기 사칸의 뒤쪽에서 투명한 빛줄기가 그의 등을 향해 벼락처럼 내리꽂혔다.

사칸이 등 뒤로 닥쳐드는 공격을 눈치채지 못한 것은 아니었다. 그러나 그가 기습을 눈치챈 시간은 너무 늦었고, 또한 그의 모든 힘이 현월문 법사들과의 대결에 묶여 있었으므로 사칸은 겨우 몸을 트는 것 정도로 기습을 피하려 했다.

그러나 그러기에는 기습자의 공격이 너무 강렬했다.

픽!

반쯤 비틀린 사칸의 등을 투명한 검기가 뚫고 지나갔다.

"욱!"

사칸이 나직한 신음을 흘리며 허깨비처럼 그 자리에서 사라졌다. 그러자 그가 사라진 자리를 현월문 법사들이 일으킨 청색 기운이 무너지듯 덮쳤다.

쿠우웅!

현월문 법사들의 기운이 사칸이 있던 자리에 거대한 웅덩이를 만들었다.

그러나 사칸의 모습은 어디서에서도 찾을 수 없었다.

"이 쥐새끼 같은 자가 도망을?"

거대한 웅덩이가 만들어지며 일어난 먼지 속에서 사자의 음성이 들렸다.

적황이다.

그는 한 손에 두툼한 검을 든 채 사방을 둘러보며 사칸을 찾고 있었다.

"저기요."

어느새 성벽에서 내려온 가륵이 적황에게 다가서며 손을 들었다.

그의 손이 가리키는 곳, 성문 밖 멀리 비틀거리며 서 있는 사칸의 모습이 보였다.

"대단하군."

적황이 중얼거렸다. 순식간에 성문 밖으로 이동한 사칸의 능력을 두고 하는 말이었다.

"전성기 시절 마룩은 수백 장의 공간을 한순간에 이동했다고 하오. 그에 비하면 저자의 능력은 역시 마룩에 미치지 못하는 것 같소."

가륵이 말했다.

"그렇다고 해도 추격하는 것이 만만치는 않을 것 같소."

어느새 몸을 돌려 북쪽으로 달리기 시작한 사칸을 보며 적황이 말했다.

"하지만 그도 사람이오. 무황께서 치명적인 부상을 입혔으니 결국 지치게 될 거요."

"따르는 사람들은 있소?"

적황이 물었다.

"수로와 젊은 아이들이 성 밖 곳곳에서 쫓을 것이오."

"위험하지 않겠소?"

젊은 법사들이라면 방금 전 사칸과 겨룬 월문의 대법사들에 비해 법력이 낮을 수밖에 없다. 그런 사람들이 사칸을 쫓는 것은 극히 위험한 일이었다.

"단지 그를 추격하기만 할 뿐이니 위험할 것은 없소. 그리고 바람의 왕국 전사들도 함께 추격에 나섰으니 너무 걱정 마시오. 물론 그렇다 해도 우리 역시 서둘러 그를 쫓아야 할 것이오."

가륵이 말을 하면서 뒤를 돌아봤다. 그러자 어느새 적풍을 비롯한 칠왕이 두 사람이 있는 곳으로 다가오고 있었다.

"어찌 되었소?"

두 사람에게 다가온 사삼우가 물었다.

"예상대로 북쪽 설봉 쪽으로 도주하고 있소."

"그자의 상태는 어떻소?"

"좋지 않을 거요. 본 문의 법술을 상대하느라 기력이 상한 상태에서 무황께 깊은 일검을 당했으니… 결국 설봉에서 그를 제거할 수 있을 것이오."

가륵이 자신감 넘치는 표정으로 말했다.

그는 마룩의 능력을 이은 사칸을 제압하는 일에 무척 흥분한 듯 보였다. 수십 년, 아니, 어쩌면 백여 년 이상 월문의 법을 수련했을 가륵이지만, 눈앞으로 다가온 마룩의 정념에 대한 승리의 예감은 그를 보통 사람으로 만드는 것 같았다.

"그럼 갑시다. 우리 손으로 끝내야지 않겠소?"

장유황이 먼저 걸음을 옮기며 말했다. 그러자 다른 사람들도 서둘러 걸음을 옮겼다.

"정말 그를 잡을 수 있을까요?"

일행 중 가장 뒤처진 구룡이 적풍을 따라붙으며 물었다.

"변수만 없다면."

적풍이 대답했다.

"그래도 놀라운 자죠? 칠왕의 합공을 이겨내고 무황님과 월문의 기습을 뚫어낸 것을 보면."

"놀라기는 했지만 기대만은 못하군."

"그런가요?"

구룡이 고개를 갸웃했다.

"난 솔직히 그가 이 함정에서도 어떤 변수를 만들어낼 거라 생각했다. 그런데 그는 아무런 변수도 일으키지 못하고 현월문주가 계획한 대로 움직이고 있지 않느냐? 그건 절대적 강자의 모습은 아니지."

"하긴 그렇군요."

"그래도 아직 이 싸움이 끝난 것은 아니니 기대해 보겠다. 그가 어떤 변수를 만들어낼지."

"그럴 기회가 있을까요?"

구룡이 그런 일은 없을 거라는 듯 되물었다.

"모르지. 그래도 그는 마룩의 후예니까."

적풍이 대답했다.

사칸은 빠르게 도주하지는 않았다. 물론 느린 것도 아니지만 적어도 자신의 기력을 완전히 소진하면서 도주하는 어리석은 행동은 하지 않았다.

본래 죽음의 위기에 몰린 도망자는 지나치게 기력을 소비하며 도주하다가 제풀에 지쳐 쓰러지게 마련인데 사칸은 그렇게 어리석은 자가 아니었다.

그는 자신의 몸을 회복시키면서 움직였다. 물론 그래서는 그를 추격하는 월문의 젊은 법사들이나 바람의 왕국 전사들을 따돌릴 수 없었다. 그러나 그는 추격을 허용하면서도 몸 상태를 회복하는 데 집중하는 듯 보였다.

그건 아마도 그의 자신감 때문일 것이다. 몸을 회복하면 추격자들이 얼마가 됐든 능히 자신을 지킬 수 있다는 자신감, 그 자신감이 그에게 다시 한 번 기회를 주고 있었다.

물론 추격자들 역시 그가 몸을 회복할 시간을 가지고 있다는 것을 모르지는 않았다.

하지만 그들 역시 서둘지 않았다. 급히 나서서 사칸을 공격하는 대신 그들은 철저하게 사칸을 설봉으로 몰아붙였다.

그것이야말로 그들이 받은 명이기 때문이다.

그리고 일단 사칸이 설봉에 들어서자 추격은 더욱 쉬워졌다. 눈이 오는 날이라면 모를까, 오늘처럼 맑은 날 설원에서의 도주는 거의 불가능했다. 도망자의 발자국이 낙인찍히듯 설원 위에 남기 때문이다.

그 사실을 모를 리 없는 사칸이지만 그는 설원에 남은 자신의 발자국을 지우는 짓 따위는 하지 않았다.

그를 추격하는 자들이 급히 지운 자신의 흔적을 찾지 못할리 없기 때문이다.

그리고 그즈음 작은 행운이 사칸에게 찾아왔다.

"대카르!"

사칸이 잠시 걸음을 멈추고 시선을 산 아래로 돌려 추격자들의 움직임을 살피고 있을 때 불쑥 그의 앞에 유령처럼 두 사람이 나타났다.

"살아 있었는가?"

평소에는 좀체 수하들에게 감정을 드러내지 않던 사칸이지만 피투성이가 된 채 자신 앞에 나타는 드루족 삼대법사 중이 인, 마니와 합골을 보고는 본능적으로 반가운 감정이 드러났다.

마치 천군만마라도 얻은 것 같은 표정이다.

"대카르님의 안위를 지키지 못했습니다. 죽여주십시오."

마니가 고개를 조아리며 말했다.

"내 목숨을 다른 사람에게 의지하지는 않는다."

사칸이 어느새 차가운 표정이 되어 대답했다.

"죄송합니다, 대카르!"

마니가 재차 고개를 조아렸다.

"돌록은?"

"죽었습니다."

삼대법사 중 한 명인 돌록의 죽음을 합골이 알렸다.

"알았다. 가자."

수하의 죽음을 들었음에도 표정 하나 변하지 않은 사칸이 다시 걸음을 옮기기 시작했다.

"어디로 가시렵니까?"

합골이 물었다.

"산을 넘으면 침묵의 강 상류가 보일 것이다. 그곳에서부터는 추격하는 놈들을 따돌릴 수 있다."

"알겠습니다! 길을 열겠습니다!"

합골이 앞으로 달려나가며 소리쳤다.

"좋지 않군요."

현월문의 젊은 법사 수로가 걱정스러운 표정으로 말했다. 그러자 중년의 법사 청월이 대답했다.

"그러게 말이네. 갑자기 속도를 내는군."

두 명의 수하를 만난 후 갑자기 빨라진 사칸의 움직임을 두고 하는 말이다.

"어쩔까요?"

수로가 물었다.

그러자 청월이 대답했다.

"결정은 자네가 해야지. 이 추격은 자네 몫이 아닌가?"

"어렵군요."

"일단 문주께 급히 소식을 전하세."

"그래야지요. 그리고 전 아무래도 진의 북쪽 경계에 가 있어 야 할 것 같습니다."

수로가 말했다.

"설마 자네 혼자 그를 상대하겠다는 건가?"

"그가 설봉을 벗어나려 한다면 그렇게라도 해야지요."

"안 될 말이네. 비록 그가 부상을 입었다고 해도 그는 마룩 의 힘을 이은 자야. 자네 혼자선 무리네."

"약간의 시간이 필요할 뿐이니까요."

"이런 싸움은 찰나의 순간에 생사가 결정되는 법이네."

청월이 신중하게 말했다.

"그렇다고 그가 설봉을 벗어나게 둘 수는 없지요."

"문주님의 진(陣)이 그를 막을 걸세."

"그 진이 위험할 때만 나서겠습니다."

"후우, 좋아. 그럼 나도 가세."

"사형께선 다른 형제들을 이끄셔야지요."

"그런 소리를 한다면 자네도 가지 못하네."

청월의 단호한 태도에 결국 수로도 양보할 수밖에 없었다.

"좋습니다. 그럼 함께 가시죠."

"좋아, 솔직히 말하면 이런 기회도 흔치는 않지."

청월이 빙긋 미소를 짓고는 자신이 먼저 몸을 날렸다. 그러 자 수로가 어깨를 으쓱하며 중얼거렸다.

"이제 보니 나보다 사형께서 더 그자를 상대하고 싶으셨던 모양이군."

"이거 뭔가 흥미진진한 일이 벌어지겠군."

장창을 어깨에 둘러멘 채 설봉의 능선에 서서 추격전을 지켜보고 있던 이위령이 중얼거렸다.

이위령은 십자성에서 벌어진 원주족과의 싸움에는 참여하지 않았다. 대신 그는 적풍의 명을 받고 미리 설봉으로 이동해 도주하는 사칸의 행보를 지켜보고 있었다. 월문과 바람의 왕국 전사들이 사칸의 추격에 실패할 때를 대비한 것이다.

"어쩔까? 따라갈까, 아니면 이곳에서 성주님을 기다려야 하나?"

이위령이 설봉의 정상을 향해 치달아 오르는 사칸과 그를 추격하는 월문 법사들을 보며 중얼거렸다.

그 역시 사칸이 갑자기 속도를 높인 것은 예상치 못한 일이었다. 그래서 잠시 다음 행보를 고민하던 이위령은 이내 결심을 굳혔다.

"어차피 내 임무는 그자의 행적을 놓치지 않는 것이니까."

사칸을 따르기로 결정한 이위령은 훌쩍 몸을 날려 설봉을 향해 달리기 시작했다.

*   *   *

후우웅!

산을 넘는 바람이 용음을 토해냈다.

드디어 설봉의 정상, 앞서 길을 열던 합골이 잠시 걸음을 멈추고 주위를 살폈다.

기이한 날씨다. 고산 준봉은 하루에도 몇 번 날씨가 변하기는 하지만 방금 전 산중턱까지는 맑던 하늘이 설봉의 정상에 올라서자 급격하게 얼굴을 바꿔 성난 호랑이처럼 매서운 바람과 눈발을 날리기 시작했다.

하늘 역시 한순간에 온통 잿빛으로 변해 있었다. 이 급작스러운 날씨의 변화에 합골이 자연스레 자신의 뒤를 따라온 사칸을 바라봤다.

이런 날씨의 변화는 자연적으로 일어날 수도 있지만 사칸과 같은 대술사들이 인위적으로 만들어낼 수도 있기 때문이다.

"재주가 좋군."

사칸이 설봉에 올라선 후 급변한 날씨를 보며 중얼거렸다. 그 역시 이 날씨의 변화가 자연이 아닌 사람이 만들어낸 조화라고 생각하는 듯 보였다.

"대카르께서 하신 일이 아닌지요?"

합골이 조심스레 물었다.

"지금 내겐 그럴 만한 힘이 없다."

사칸이 대답했다.

"그럼 누가……?"

"오직 한 곳이지."

"……?"

"현월문."

"설마 그들이 벌써?"

합골이 믿을 수 없다는 듯 다시 주위를 살폈다.

"미리 준비를 해뒀겠지."

"우리가 이곳으로 올 거란 예상을 했다는 겁니까?"

다른 때라면 이런 질문조차 감히 할 수 없었을 합골이다. 그
러나 지금은 달랐다. 그도 모르게 본능적으로 물을 수밖에 없
었다.

"처음부터 조금 이상하기는 했어. 왜 그 성에서 승부를 내려
하지 않았을까 하고 말이야. 성 밖으로 나오면 날 죽이는 것이
더 어려울 텐데. 놈들은 성안에서 모든 것을 쏟아내지 않았거
든. 그런데 이제 보니 설봉으로 날 몰아넣고 사냥할 생각이었
군. 성내에서 승부를 보려 했다면 놈들 중에 몇은 죽어야 했을
테니까."

사칸이 마치 현월문주 가륵의 머릿속에 들어갔다 나온 사람
처럼 중얼거렸다.

"그럼 결국 그자의 뜻대로 된 것 아닙니까?"

"후후후, 그렇긴 하지만 나로서도 고마운 일이지. 성안에서
의 승부는 어쨌든 결국 패했을 테니까. 그게 바로 그런 놈들의
단점이지. 자신들은 절대 손해를 보려고 하지 않는단 말이야.
칠왕 중 몇이 죽으면 날 완벽하게 제거할 수도 있었을 텐데 말
이다. 크흐흐!"

사칸이 가소롭다는 듯 웃음을 흘렸다.

"이젠 어찌할까요?"

이 설봉이 함정이라는 것을 아는 순간 의기소침해진 합골이

조심스레 물었다.

"그자가 한 가지 예상하지 못한 게 있다."

"……?"

마니와 합골이 사칸을 바라봤다.

그러자 사칸이 다시 입을 열었다.

"진법 따위로는 결코 위대한 마룩의 힘을 감당할 수 없단 것이지. 더군다나 난 환마의 후예다. 이런 진법 따위……!"

사칸이 가볍게 실소를 흘리더니 갑자기 전진하기 시작했다. 순간 그의 몸이 순식간에 휘날리는 눈보라에 휘감겼다.

제8장
흰 눈, 붉은 피

쩌적쩌적!

눈보라 속에서 벼락이 일어나는 소리가 들렸다. 그러자 기이하게도 눈보라에 균열이 생겼다.

균열이 일어난 곳으로 얼핏 그 속에 들어간 사칸의 모습이 보였다. 사칸은 양팔을 들어 올린 채 눈보라 속에서 연신 주문을 읊조리고 있었다.

목소리가 큰 것은 아니었다. 그래서 그가 뭔가를 중얼거린다는 것을 알 수 있는 것은 오직 그의 입술의 움직임 때문이었다.

그러나 그 나직한 주문이 놀라운 힘을 발휘했다. 산봉우리를 통째로 날려 버릴 것 같던 눈보라가 서서히 그 힘을 잃기 시작한 것이다.

급기야 그의 모습이 온전히 드러났다. 여전히 바람은 불었지만 눈발은 급격하게 줄어 있었고, 하늘도 서서히 잿빛 구름에서 벗어나고 있었다.

"어쩔 수 없군요."

현월문의 젊은 법사 수로가 입술을 앙다물며 말했다.

"정말 하려는가?"

"어쩌면 이건 이미 예견된 일이었습니다."

청월의 물음에 수로가 대답했다.

"예견된 일?"

청월이 되물었다.

"그런 환영을 보았지요. 저자와 맞서는 그런 장면을."

"음, 결과는?"

"그건 모르겠습니다. 하지만 지금 그와 맞서야 한다는 것은 분명합니다."

"알겠네, 돕겠네."

"아닙니다. 사형께선 뒷일을 맡아주세요."

"사제 혼자서는 안 돼."

"제가 칠왕이 올 때까지 저자를 막지 못한다면 그의 행적을 쫓을 사람이 필요하지 않습니까?"

"하지만……."

"지금 그 일을 사형 말고 누가 할 수 있겠습니까?"

이때만큼은 평소 쾌활하던 수로가 냉정하기 이를 데 없었다.

"후우, 알겠네. 하지만 조심하게. 위험하다 싶으면 바로 물러나."

청월이 간곡한 목소리로 당부했다.

"당연하지요. 저도 여기서 죽고 싶은 생각은 없습니다."

수로가 미소를 지으며 대답했다.

그러나 몸을 돌려 사칸을 향해 걸어가는 수로의 모습은 죽음을 각오한 사람의 것이었다.

"위대한 마룩의 힘을 감히 현월문의 잡술 따위로는 막을 수 없다. 과거 간교한 차요담이 칠왕의 검을 만든 이유가 바로 그 때문이 아니었겠는가?"

산봉우리 위에서 일어나는 눈보라를 거의 잠재운 사칸이 득의한 표정으로 중얼거렸다.

그런데 그 순간 갑자기 설봉 위쪽에서 한 무더기의 눈덩이가 일어나더니 무서운 속도로 사칸을 향해 밀려오기 시작했다.

쏴아아!

마치 폭포가 쏟아지듯 그렇게 눈덩이가 사칸의 머리 위로 폭사했다.

"웬 놈이냐?"

사칸이 고함을 치면서 두 손을 자신을 향해 밀려오는 눈덩이를 향해 움직였다.

콰아아!

그 순간 눈덩이가 좀 더 힘을 냈다. 이젠 폭풍이 일으키는 거대한 파도 같은 힘으로 사칸을 덮쳤다.

그러나 사칸의 힘은 놀라웠다. 한마디 외침과 함께 두 손을 밀어내자 그를 향해 밀려들던 눈덩이가 벽에 막힌 듯 허공으로 치솟았다.

그런데 그렇게 눈덩이를 막아내는 사이 그의 법술이 깨지면서 다시 설봉 위에 눈보라가 휘몰아치기 시작했다.

"이놈!"

사칸이 흩어진 눈덩이 뒤쪽에 어른거리는 사람을 발견하고는 노성을 토해냈다. 거의 다 깨뜨린 월문의 진이 다시 힘을 내기 시작했기 때문이다.

"오랜만이오."

눈보라 속에서 수로가 빙글거리며 입을 열었다.

그러자 사칸이 뚫어지게 수로를 바라봤다. 수로가 자신을 아는 것처럼 행동했기 때문이다. 그러나 사칸의 기억 속에 수로의 얼굴은 없었다. 더군다나 나이도 어린 놈이 아닌가.

"뭘 하는 녀석이냐?"

사칸이 귀찮다는 듯 물었다.

"월문의 법사 수로라 하오."

"월문 법사? 그런 놈이 날 만난 적이 있단 것이냐?"

"후후, 기억하지 못하시는구려. 검은 산에서 한번 뵈었는데."

수로가 조롱하듯 말했다. 물론 그가 평소 유들거리는 면이 있기는 하지만 지금은 다분히 사칸의 마음을 흔들기 위한 목적이었다.

그리고 사칸은 수로의 예상대로 흥분했다.

"검은 산."

사칸이 살기 가득한 음성으로 뇌까렸다.

"이젠 기억이 나시오?"

"네놈이구나. 나의 대법을 방해한 놈이."

사칸은 이를 갈았다.

검은 산의 제단에서 어둠의 마룩이 남긴 정념을 깨워 그의 힘을 흡수하던 대법을 방해한 자가 있었다.

그래서 사칸은 마룩의 모든 힘을 얻지 못했다. 만약 그가 마룩의 모든 힘을 얻었다면 아마도 십자성에서 그토록 쉽게 패해 도주하는 신세가 되지는 않았을 것이다.

그리고 어쩌면 마룡 우루노의 정념과 영적으로 연결되어 있는 마룡 우루노의 유진을 벌써 찾았을 수도 있었다.

그러니 오늘날 사칸의 야망이 위태로워진 것의 시작은 모두 검은 산에서 법사 수로가 사칸의 대법을 방해했기 때문인 것이다.

"맞소. 내가 바로 그때 당신을 방해한 사람이오. 물론 덕분에 나도 여러 날 정신을 잃고 누워 있었지만 말이오."

"크흐흐, 그런 놈이 날 찾아와? 진정으로 죽음을 원하는 모양이구나."

"세상에 누가 죽기를 원하겠소. 다만 이번에도 난 그대의 발목 정도는 걸어야겠다는 생각이오."

"시간을 끌겠다? 그게 가능하리라 생각하느냐?"

"벌써 진이 회복되고 있지 않소?"

수로가 손을 들어 휘몰아치는 눈보라를 가리키며 말했다.

"갈!"

한순간 사칸의 입에서 격렬한 음성이 터져 나왔다. 그러자 갑자기 눈보라가 흔들리더니 비처럼 땅으로 떨어져 내리기 시작했다.

그리고 사칸의 모습이 변했다. 그는 마치 뼈와 살이 없는 존재처럼 흐물거리는 흑영으로 몸을 부풀리기 시작했다.

"네놈의 영혼조차 소멸시키리라."

흑영으로 변한 사칸이 뜨겁게 달궈진 쇠 같은 안광을 뿜어내며 중얼거렸다.

"기대하겠소."

수로의 얼굴이 차갑게 굳었다. 어떤 상황에서도 여유를 잃지 않는 수로지만 지금 사칸이 보여주는 모습은 아무리 그라도 두려워하지 않을 수 없었다.

"오너라."

사칸이 명령하듯 말하자 흑영 중 일부가 공간을 잘라가듯 수로에게 다가가더니 그대로 수로를 감쌌다. 그리고 거부할 수 없는 힘으로 수로를 사칸이 있는 곳으로 끌어당기기 시작했다.

"젠장!"

고고한 현월문의 법사 수로의 입에서 욕설이 흘러나왔다. 그를 감싼 사칸의 기운을 도저히 뿌리칠 수 없었기 때문이다.

"죽어라, 노마!"

뿌리칠 수 없다면 그 힘을 이용하기로 한 수로는 당기는 힘에 몸을 맡기며 그대로 사칸을 향해 검을 뻗어냈다.

쐐애액!

수로의 검 끝에서 일어난 청색 검기가 무서운 속도로 사칸을 향해 폭사했다.

펙!

벼락처럼 뻗어 나간 수로의 검기가 그대로 흑영의 사칸을 꿰뚫었다. 그러자 사칸의 흑영이 한차례 크게 흔들렸다. 더불어 수로를 끌고 가던 검은 기운도 잠시 힘을 잃었다.

그 틈을 이용해 법사 수로가 오른쪽으로 몸을 날렸다. 그의 신형이 빠르게 사칸의 기운으로부터 벗어나는 듯 보였다.

그러나 그것도 잠시, 사칸의 흑영이 금세 본래의 모습을 되찾더니 이내 처음보다 두 배는 더 큰 어둠의 기운으로 수로를 덮쳐왔다.

"애송이, 어디 이번에도 벗어나 봐라."

사칸의 조롱이 끝나기도 전에 다시 법사 수로가 사칸의 검은 기운에 휩싸였다. 그리고 이번에는 처음보다 더 빠른 속도로 수로를 끌어가기 시작했다.

그러자 법사 수로가 갑자기 검을 든 채 두 팔을 하늘로 들어 올렸다. 그러고는 마치 하늘의 기운을 끌어 오려는 듯 팔을 앞으로 내리 끌면서 큰 소리로 외쳤다.

"파사신정!"

크릉!

수로의 외침이 끝나는 순간 천둥 치는 소리가 일어나더니 수로의 검 끝에 투명한 원형 빛무리가 생겨났다. 그 빛무리가 벼락처럼 사칸의 흑영을 향해 날아갔다.

"정말 대단한 놈이구나."

자신을 향해 날아오는 눈부신 빛무리를 보며 사칸이 처음으로 수로를 인정했다.

그러면서도 흑영으로부터 흘러나온 검은 기운이 닭이 알을 감싸듯 수로가 만들어낸 빛무리를 감쌌다.

"으음!"

빛무리가 흑영에 감싸이는 순간 수로의 입에서 나직한 신음이 흘러나왔다.

"위험한 일이지. 자신의 법력을 몸 밖으로 빼내 유형의 기운을 만들어내는 일은. 물론 네 나이에 그 경지까지 이른 것은 놀라운 일이지만, 하지만 그래서 넌 죽는다. 너의 법력을 모두 내게 빼앗기고 말이다. 하하하!"

빛무리를 휘어감은 흑영에서 웃음소리가 터져 나왔다. 아마도 수로의 법력을 흡수함으로써 자신의 힘이 더 강해질 거란 생각에 사칸의 기분이 좋아진 모양이다.

반면 수로의 얼굴은 급격하게 일그러지고 있었다. 마치 정기를 모두 빼앗긴 노인처럼 수로는 힘겹게 검을 든 채 얼굴을 일그러뜨리고 있었다.

이제 와선 유형화된 자신의 법력을 거둬들일 수도 없었다. 그의 검과 영혼이 일그러져 가는 빛무리에 단단히 얽매여 있기 때문이다.

"젠장!"

다시 수로의 입에서 욕설이 흘러나왔다. 자신의 죽음을 자신의 눈으로 지켜봐야 하는 자의 분노가 여실히 드러났다.

"대단한 수련을 했구나! 네 힘이 나에게 새로운 생명을 주는 것 같아! 하하하! 정말 고마운 일이다!"

사칸이 법사 수로의 법력을 몸 안으로 받아들이며 소리쳤다.

그런 사칸의 흑영을 보며 법사 수로는 서서히 무너져 갔다. 이젠 무릎이 거의 눈밭에 닿아 있었다. 그럼에도 불구하고 수로는 마지막 힘까지 사칸을 향해 쏟아붓고 있었다.

"이쯤이면 족하다. 수고했다, 이젠 보내주마!"

수로의 법력을 만족할 만큼 흡수했다고 생각했는지 사칸은 수로를 죽이기로 결심했다.

흑영의 정수리 쪽에서 한 줄기 검은 기운이 뿔처럼 솟아났다. 그 기운이 길게 늘어지며 법사 수로의 이마를 향해 다가왔다. 그 기운이 수로에게 닿는 순간 수로는 목숨을 잃게 될 것이다.

스르르!

먹이를 노리는 독사처럼 다가온 검은 기운이 마지막 순간 수로의 눈앞에서 멈칫했다. 수로를 놀리는 것처럼 보이기도 했다.

그런데 그 찰나의 멈춤이 생각지 못한 변화를 일으켰다.

"죽어라, 괴물아!"

갑자기 수로의 뒤쪽에서 검은 그림자가 불쑥 솟아오르더니 한 자루 철창이 빛처럼 빠르게 흑영을 향해 날아갔다. 그리고 강력한 파열음을 일으키며 흑영을 꿰뚫었다.

퍼억!

실체가 없는 것 같던 흑영이 둔탁한 소리를 내며 흔들렸다.

"음!"

흑영 속에서 당황한 듯한 신음이 일어났다. 순간 흑영이 감싸고 있던 빛무리가 그 기운에서 벗어났다. 그리고는 빠르게 법사 수로의 검으로 돌아오더니 그대로 검에 흡수되어 버렸다.

"갑시다."

그사이 창을 날린 사내가 재빨리 수로의 목덜미를 부여잡고 줄행랑을 치기 시작했다.

"이놈들! 모두 죽이겠다!"

흔들리던 사칸의 흑영 속에서 노성이 터져 나왔다. 뒤를 이어 흑영에서 일어난 다섯 줄기의 검은 기운이 물러나는 사내와 수로를 향해 폭사했다.

"이 늙은 괴물아! 네 걱정이나 해라! 칠왕이 네 등 뒤에 있는 것도 모르느냐?"

수로의 목덜미를 낚아채 도주하던 사내가 소리쳤다. 순간 두 사람을 향해 날아오던 다섯 줄기의 검은 기운이 순식간에 사칸의 흑영으로 흡수됐다.

흑영이 재빨리 앞뒤 위치를 바꿨다. 그러자 설봉을 향해 치달아 오르는 칠왕의 모습이 눈에 들어왔다. 그렇다고 그들이 바로 사칸을 공격할 거리까지 온 것은 아니었다.

"쥐새끼 같은 놈!"

사칸이 사내에게 속은 것을 알고서 사내와 수로를 찾았지만 이미 두 사람은 그로부터 한참 먼 곳까지 물러난 이후였다. 그러는 사이 이젠 정말 위협이 될 만큼 칠왕이 사칸에게 근접해 오고 있었다.

"대카르, 가셔야 합니다!"

급히 달려온 마니와 합골이 사칸에게 소리쳤다.

"알겠다."

사칸이 대답하더니 갑자기 설봉이 뒤흔들릴 정도의 고함을 터뜨렸다.

"할!"

사칸의 고함이 터져 나오는 순간 설봉을 휘어 감고 있던 눈보라가 산산이 흩어졌다.

그 사이로 비틀거리는 사칸의 모습이 보였다. 월문의 진을 한순간에 깨뜨리기 위해 무리하게 힘을 쓴 것이 분명해 보였다.

하지만 사칸은 이내 기운을 차렸다.

"가자!"

사칸이 자신이 먼저 설봉을 넘어 산 북쪽으로 달려 내려가기 시작했다.

"후욱후욱!"

법사 수로가 깊게 숨을 들이마셨다. 그러자 파리하던 그의 얼굴에 금세 혈색이 돌아왔다.

"괜찮소?"

수로가 혈색을 회복하는 것을 지켜보고 있던 이위령이 물었다.

"괜찮습니다. 그런데 누구신지……?"

수로가 이위령을 보며 물었다. 그의 기억에 없는 인물이기 때문이다.

"날 모른단 말이오?"

이위령이 실망스러운 표정으로 되물었다.

"죄송하지만 전……."

"에이, 이거 실망인데? 내가 그렇게 존재감이 없었나? 난 십자성 사람이오. 이위령이라고, 신혈제일성에서 그쪽이 치료받을 때도 잠시 보았는데."

"아, 십자성의 전사시군요. 죄송합니다. 알아 뵙지 못해서."

"아, 뭐, 됐소. 그땐 법사께서도 정신이 없을 때였으니."

"그런데 사칸은?"

수로가 몸을 일으키며 물었다.

"도주했소."

"아, 이런……."

수로가 낭패한 표정을 지었다.

그러자 이위령이 고개를 저으며 말했다.

"걱정 마시오. 그자를 놓치는 일은 없을 거요. 법사께서 그자를 막아 시간을 버는 사이 칠왕이 왔소. 지금은 그자를 시야에 두고 추격하고 있을 거요."

"그렇다면 다행이군요. 그자를 잡지 못하면 오늘의 이 함정은 아무런 소용이 없는 것이지요."

"맞소. 그런데 움직일 수 있겠소?"

이위령이 뭔가 조급한 사람처럼 물었다.

"괜찮습니다. 그자에게 빼앗긴 법력을 거의 대부분 회수했으니까요. 모두 대협 덕분입니다만."

"공치사는 나중에 듣고, 움직일 수 있다면 어서 갑시다. 그 노괴물이 칠왕의 손에 죽는 장면을 놓칠 수야 없지 않겠소?"

이위령이 조급한 이유는 싸움 구경을 놓치기 싫어서였다. 그 이유를 알게 된 수로가 피식 실소를 흘렸다.

"갈 수 있겠소?"

이위령이 다시 물었다.

"그럼요. 함께 가시죠."

법사 수로가 흔쾌하게 대답했다.

"좋소, 그럼 내가 앞서 갈 테니 조심해서 따라오시오."

이위령이 당부를 한 뒤 훌쩍 신형을 날려 설원을 달리기 시작했다. 그러자 법사 수로가 주위를 한 번 둘러본 후 이위령의 뒤를 좇기 시작했다.

"청월 사형은 먼저 그자를 쫓아갔나 보군."

*　　　*　　　*

적풍의 눈에 앞서 달리는 혜루안의 왕 공령이 허리춤에서 작은 철궁을 꺼내 시위에 화살을 거는 모습이 보였다.

본래 혜루안의 전사들은 정령의 술(術) 말고 궁술로도 유명했다. 그들은 손에 피를 묻히기 싫어하는 습성이 있어서 주로 활을 주요 병기로 사용하는 종족이었다.

그런 혜루안의 왕이 활을 꺼냈으니 적풍으로서도 그의 궁술이 궁금할 수밖에 없었다.

적풍이 공령을 주시하는 사이, 공령이 한순간 걸음을 멈추고 시위를 놓았다.

웅!

시위를 떠난 공령의 화살에서 묵직한 파공음이 일어났다. 보통의 궁수들이 활을 쏠 때와는 조금 다른 파공음이다.

화살은 무서운 속도로 허공을 갈랐다. 화살이 날아가는 길을 따라 대기가 반으로 갈라지는 것처럼 느껴졌다. 화살이 지나간 지 한참이 지난 후에야 화살의 기운으로 인해 설원의 눈이 허공으로 솟구쳤다.

사칸 일행이 화살의 존재를 깨달았을 때는 이미 화살이 그들 가까이 접근한 상태였다.

사칸과 두 명의 수하가 재빨리 사방으로 몸을 날렸다.

퍽!

그러나 공령의 화살은 결국 셋 중 합골의 다리에 꽂혔다.

"욱!"

멀리까지 들려온 신음이 적풍의 귀에 들리는 순간 합골이 눈 위에 나뒹굴었다.

그러자 헤루안의 제왕 공령이 연이어 두 대의 화살을 쏘았다.

화살은 앞서와 마찬가지로 무서운 속도로 사칸과 마니를 향해 날아갔다.

순간 사칸이 한 손을 허공에 휘저었다. 그러자 그의 손에서 검은 기운이 일어나더니 단번에 두 대의 화살을 손 안에 넣었다.

화살을 손에 넣은 사칸이 무서운 눈으로 달려오는 칠왕을 노려보다가 마치 창을 던지듯 화살을 던졌다.

쐐애액!

사칸이 던진 화살이 활로 쏘아진 것처럼 빠른 속도로 칠왕을 향해 날아왔다.

그러나 그 화살은 칠왕에게 어떤 방해도 되지 못했다. 칠왕은 가볍게 화살을 피해내고 더욱 속도를 높여 사칸을 향해 달려갔다.

그리고 급기야 공령의 화살을 상대하느라 속도가 느려진 사칸을 눈 덮인 눈부신 새하얀 절벽 아래 협곡 즈음에서 따라붙는 데 성공했다.

"사칸! 더 이상 네가 갈 곳은 없다! 이곳이 너의 무덤이다!"

선두에서 사칸을 추격하던 천인총의 제왕 사삼우가 눈 덮인 절벽 아래서 걸음을 멈춘 사칸를 보며 소리쳤다.

그러자 사칸이 잠시 등 뒤의 흰 절벽을 돌아보다 심드렁한 표정으로 중얼거렸다.

"결국 여기서 승부를 봐야겠군."

"승부? 이 싸움의 승부는 이미 끝났다!"

사삼우가 재차 사칸을 향해 소리쳤다.

그러자 사칸이 차가운 눈으로 사삼우를 보며 말했다.

"넌… 마룩을 몰라."

"마룩의 아무리 대단하다 한들 그 몸으로는 절대 칠왕의 신검을 상대할 수 없다! 더군다나 넌 마룩도 아니지 않은가?"

사삼우의 추궁에 사칸의 눈에서 차가운 분노가 일었다.

"그럼에도 불구하고 너 따위는 감히 홀로 날 상대할 용기가 없겠지."

사칸의 비웃음에 사삼우가 움찔했으나 홀로 사칸을 공격하는 위험을 감수하지는 않았다.

그러는 사이 어느새 장내에 모두 도착한 칠왕과 구룡, 그리고 현월문의 문주 가륵이 사칸을 둥글게 포위했다.

"이젠 끝이오. 이 싸움을 끝까지 할 이유가 없소. 원주족을 이끌고 항복한다면 목숨은 부지할 수 있을 거요. 쓸데없는 희생을 늘리는 것보다는 이쯤에서 이 전쟁을 거두는 것이 우두머리 된 자의 도리 아니겠소?"

현월문주 가륵이 사칸에게 정중하게 제의했다. 그러자 사칸이 차가운 비웃음을 흘리며 말했다.

"그래서… 너희들의 노예로 살아가라고?"

"앞으로의 칠왕의 역사는 과거와는 다를 것이오."

가륵이 말했다.

"후후후, 네가 칠왕의 왕이라도 되느냐, 그런 약속을 하게? 보아라. 네 옆에 서 있는 자들을. 그들은 결코 원주족을 같은 인간으로 대하지 않을 것이다. 이 탐욕에 물든 신검주들을 보라고. 후후후!"

사칸이 마치 칠왕 역시 자신과 마찬가지 부류의 사람이란 것을 확인시켜 주기라도 하는 듯 웃음을 흘렸다.

가륵은 반박하지 못했다. 그 역시 사칸의 말이 틀리지 않음을 알고 있기 때문이다.

물론 과거와는 조금 다를 수 있었다. 그러나 칠왕과 그들의 전사들은 결코 원주족을 동등한 권리를 가진 사람들로 대하지는 않을 것이다. 아니, 어쩌면 사칸의 말대로 그들을 모두 노예로 삼으려 할지도 모른다.

만약 그런 일이 벌어지면 가륵 역시 그들을 막을 수 없었다.

"좋아, 우리도 네놈의 항복 따위는 기대하지 않는다. 아니, 오히려 번거로운 일이지. 지금 상황에선 네가 죽는 것이 가장 간단한 해결책이다."

사삼우는 애초부터 사칸을 살려줄 생각 따위는 없는 사람이었다. 그러니 가륵의 제안에 대한 사칸의 거절이 그에게는 오히려 반가운 일이었다.

"좋아, 마지막 승부를 내자. 비록 지쳤지만 네놈들 중 몇은 나와 함께 지옥으로 가야 할 것이다."

사칸이 차가운 경고와 함께 살기를 뿜어내기 시작했다. 그러자 온통 하얀 세상이던 절벽 아래 공간이 순식간에 잿빛으로 물들었다.

단 한 사람의 기운으로 세상의 색을 바꿀 수 있다는 것은 실로 놀라운 일이었다.

그러나 적풍은 그런 사칸을 보며 가만히 고개를 저었다.

'싸움은 끝났군.'

적풍은 사칸이 만든 잿빛 세상이 오히려 그의 약점을 보여주고 있다고 생각했다.

십자성에서 사칸이 칠왕을 상대할 때 그가 만들어낸 빛은 이런 잿빛이 아니었다. 어둠의 검은빛, 무저의 공포를 느끼게 하는 그런 완벽한 검은빛에 가까웠다. 그런 그가 최대한 끌어낸 빛이 이런 회색빛이라면 역시 그의 몸은 크게 상해 있는 것이 불명했다.

하지만 그럼에도 불구하고 사칸은 결코 방심할 수 없는 자였다. 이 중에 홀로 그를 상대할 사람이 없을 만큼.

"끝냅시다."

침묵을 지키던 적황이 무겁게 말했다.

적황다운 행동이었다. 그는 이런 싸움에 임해서 말다툼이란 결국 장난에 지나지 않는다고 생각하는 사람이었다.

결과는 결국 검과 검의 격돌에서 결정될 것이다. 칠왕 역시 더 이상 사칸과의 말씨름은 의미가 없다는 것을 알고 있었다. 그래서 모두 신검을 꺼내 들고 사칸을 에워싸기 시작했다.

자연스레 형성되는 진. 신검의 힘에 의해 사람이 움직이는 것처럼 보이는 검진이 다시 한 번 사칸을 에워쌌다.

신검을 들지 않은 적황은 진의 뒤에서 사칸의 빈틈을 노리며 위협을 가하고 있었고, 가륵은 가볍게 절벽을 타고 올라가 월문의 비기로 일으킨 청색 기운을 사칸의 회색빛 기운 쪽으로 흘려보냈다.

가륵의 청색 기운이 사칸의 회색 기운을 침범하는 순간 흐릿하던 사칸의 모습이 확연하게 드러났다. 그러자 가장 먼저 사삼우의 검이 사칸을 향해 뻗어 나갔다.

차앙!

사칸은 길이가 그리 길지 않은 검을 들고 있었으나 그 검으로부터 뻗어 나온 검기가 사삼우의 신검을 가볍게 걷어냈다. 그러자 마치 뱀의 꼬리가 머리를 보호하듯 진의 가장 끝에 있던 구룡이 어느새 사칸의 머리 위로 날아올라 그를 향해 불의 검을 휘둘렀다.

화르르!

불의 검에서 일어난 뜨거운 열기가 회색 기운을 태우며 사칸을 휘어 감았다.

"어린놈이?"

다른 칠왕과 달리 이제 갓 스물을 넘긴 구룡의 공격에 사칸이 화를 냈다.

그의 입에서 알아들을 수 없는 말이 흘러나오는가 싶더니 한순간 그의 손에 일어난 검은색 강기가 그대로 구룡의 불의 검을 뚫고 들어갔다.

"욱!"

불의 검이 일으킨 열기를 뚫고 들어온 사칸의 강기에 밀린 구룡이 나직한 신음을 흘리며 뒤로 물러났다.

그러나 사칸은 구룡을 쫓을 수 없었다. 어느새 다가온 적풍의 사자검이 그의 목덜미를 노리고 있었기 때문이다.

웅!

다른 어떤 검보다도 사자검의 위력은 특별했다. 검의 이름이 전왕의 검이다. 강력함에 있어서는 그 어떤 신검도 사자검을 따라갈 수 없었다.

사칸이 본능적으로 적풍의 사자검이 지닌 힘을 깨닫고 재빨리 검을 틀어 사자검을 막았다.

그러면서도 사자검의 힘을 정면으로 받지 않고 살짝 몸을 틀어 힘을 방향을 틀었다.

쿠웅!

묵직한 충돌음이 두 사람 사이에서 일어났다. 두 사람이 거의 동시에 뒤로 물러났다. 그러고는 마치 한 사람처럼 서로를 놀란 눈으로 바라봤다.

적풍은 세상에 태어나서 처음으로 누군가의 힘에 놀라고 있었다. 구룡을 공격하느라 생긴 사칸의 빈틈을 노려 최대한의 힘으로 사칸을 공격했지만, 자세가 흐트러진 상황에서도 사칸은 자신의 공격을 막고 또한 뒤로 밀어낸 것이다.

이런 강함은 적풍이 지금껏 살아오면서 전혀 경험해 보지 못한 것이었다.

반면 사칸 역시 적풍에게 놀라고 있었다. 적어도 일대일의 대결이라면 칠왕 중 그 누구라도 꺾을 자신이 있다고 생각한 그였는데 적풍은 자신과 동수, 아니, 어쩌면 자신이 손해를 본 결과를 만들어낸 것이다.

비록 그것이 자신의 허점을 노리고 들어온 공격이라고 할지라도 홀로 자신을 상대할 수 있는 자가 칠왕 중에 있다는 것은 사칸의 전의를 크게 꺾었다.

그리고 그 결과는 바로 나타났다.

적풍의 강력한 공격에 의해 흔들린 사칸을 향해 칠왕의 신검들이 어지럽게 날아들었다.

각양각색의 특징을 지닌 신검의 기운들이 어우러지자 마치 무지개 속에 들어가듯 사칸이 신검들의 회오리 속에 갇혀 버렸다.

파파팟!

신검의 기운 속에서 날카로운 파열음이 연달아 일어났다. 그럴 때마다 잘린 사칸의 옷자락이 허공으로 날아올랐다. 가끔은 붉은 혈화도 무지개 속에 피어올랐다.

순식간에 사칸이 혈인으로 변했다. 자신의 피로 붉게 물든 그의 모습은 지옥의 사신(死神) 바로 그 자체였다.

"모두… 죽여 버리겠다!"

한순간 사칸의 입에서 서늘한 음성이 흘러나왔다. 그의 몸이 설봉에서 법사 수로를 상대할 때처럼 흑영으로 변하기 시작했다.

하지만 앞서와 다른 것도 있었다. 수로를 상대할 때는 흑영이 거인처럼 부풀어 올랐지만 이번에는 오히려 본래 사칸의 몸보다 더 작아진 듯한 느낌이 들었다.

반면 흑영의 빛은 영롱할 정도로 검었다. 마치 그의 몸이 사라지고 그의 영혼만 남은 듯한 모습에 칠왕의 경계심도 커졌다.

'동패구상인가?'

적풍의 마음속에 한 줄기 불안한 예감이 깃들었다. 사칸의 모습이 마치 자신의 목숨을 버리면서 그가 가지고 있는 모든 힘을 터뜨려 버리려는 것 같았기 때문이다.

만약 그렇다면 분명 칠왕 중에서 치명적인 피해를 입은 자가 나올 것이다.

"구룡, 조심해라."

칠왕 모두를 걱정할 여유는 적풍에게도 없었다. 그로서는 구룡의 생사가 가장 걱정되었다.

구룡은 다른 칠왕과 달리 신검에 익숙하지도 않았고, 아직은 그들만큼의 신력을 형성하지도 못했다.

미완성의 잠룡인 구룡이 사칸의 살기에 노출될 경우 큰 피해를 입을 수도 있었다.

"걱정 마십시오."

구룡은 당당했다. 물론 사칸이 두렵지 않은 것은 아니었으나 그렇다고 뒤로 물러나 칠왕의 검진을 깨뜨리지는 않았다.

쿠오오!

그사이 검은 흑영으로 변한 사칸의 몸에서 기이한 소리가 흘러나오기 시작했다.

그리고 한순간 그를 감싸고 있던 검은 기운들이 화살촉처럼 작은 점으로 분열되더니 일순간에 사방으로 터져 나왔다.

"조심하시오!"

가륵의 경고가 아니더라도 칠왕은 이미 자신들에게 닥친 위험을 알고 있었다. 사칸의 모든 힘이 깃든 반격은 누구도 피할 수 없을 것 같았다.

수백 조각의 진기 조각을 어찌 다 피할 것인가.

칠왕이 각자 신검을 거둬들여 자신의 몸을 보호했다.

사칸을 죽이는 것은 더 이상 문제가 아니었다. 이번 반격이 끝나면 사칸의 목숨은 스스로 끊어질 것이다.

적풍 역시 사자검을 들어 올려 급히 자신의 몸을 가렸다. 사자검에서 일어난 검은 기운이 한순간에 적풍을 에워쌌다.

그 와중에도 적풍은 찰나의 순간 고개를 우측으로 돌려 구룡을 살폈다.

구룡 역시 불의 검의 기운을 일으켜 몸을 보호하고 있었다. 그러나 그 모습을 본 적풍의 얼굴이 급격하게 어두워졌다.

구룡을 감싸고 있는 불타오르는 불의 검의 기운이 오히려 적풍을 걱정스럽게 만들었다.

본래 불의 검의 기운을 온전히 일으켰다면 불꽃이 아니라 영롱한 붉은빛의 기운이 유리알처럼 구룡을 감싸고 있어야 했다.

'부족해.'

적풍의 불안한 예감은 적중했다.

사칸이 폭발시킨 진기의 조각들이 다른 신검주들 앞에서는 어느 정도 힘을 잃었지만, 구룡이 일으킨 불의 기운은 그대로 뚫고 들어온 것이다.

그렇다고 적풍이 구룡을 구원할 수도 없었다. 너무 늦기도 했지만 사자검의 기운을 풀 여유가 적풍에게 없었다.

그런데 그 절체절명의 순간 갑자기 검은 물체가 불쑥 나타나 구룡의 앞을 막아섰다.

"여기까지다!"

구룡의 앞을 막아선 검은 물체가 사자의 음성을 터뜨렸다.

적황이었다.

콰아앙!

적황의 온몸이 폭발하듯 검은 기운을 일으켰다. 최대한으로 끌어 올린 신혈의 힘, 그리고 명계와 현계를 넘나들며 형성한 그의 내공이 모두 폭발한 듯 보였다.

"아버지!"

적풍은 자신도 모르게 아버지라는 말을 입에 올렸다.

퍼퍼퍽!

사칸의 날카로운 기운이 적황의 몸에 박히는 소리가 들렸다. 그러나 적황은 뒤로 물러나지 않고 그대로 사칸을 향해 모든 기운을 담은 검을 뻗어냈다.

쐐애액!

사칸을 향해 날아간 적황의 검이 그대로 사칸의 흑영을 꿰뚫었다.

"크아악!"

사칸의 입에서 날카로운 비명이 터져 나왔다.

한순간에 흑영이 사라지고 늙은 사칸의 모습이 드러났다. 그런 사칸을 어느새 날아온 적풍이 사자검으로 내려치고 있었다.

"그만 죽어라!"

적풍의 차가운 목소리에 사칸이 번쩍 눈을 뜨며 고개를 들었다. 그리고 본능적으로 자신의 검을 들어 올렸다.

사칸의 검에 다시금 검은 기운이 감돌려는 찰나 적풍의 사자검이 그대로 사칸의 검을 깨뜨렸다.

콰앙!

강렬한 파열음과 함께 사칸의 몸이 낙엽처럼 뒤로 날려갔다.

쿵!

뒤로 날려간 사칸의 몸이 흰 눈에 덮인 절벽에 부딪쳤다.

그러자 그 충격을 이기지 못하고 절벽을 덮고 있던 백설이 쏟아져 내리기 시작했다.

그뿐이 아니었다. 마치 석포를 맞은 듯 빙벽의 한쪽에 금이 가기 시작했다.

쩌저적!

거미줄에 걸린 날벌레처럼 사칸을 중심으로 매끄러운 빙벽에 수없이 많은 실선이 그어졌다.

급기야는 빙벽이 허물어지면서 사칸이 땅속으로 꺼져 들어가기 시작했다.

"숨을 끊어야 하오."

가륵의 경고가 들렸다.

그러자 한 자루 화살이 날아와 밑으로 꺼져 들어가는 사칸의 심장에 박혔다. 뒤를 이어 바람처럼 날아온 장유황의 검기가 사칸의 한 팔을 잘라 버렸다.

"끄아악!"

사칸의 입에서 처절한 비명이 흘러나왔다. 그리고 눈 깜짝할 사이에 그의 몸이 빙벽이 허물어지면서 만들어진 웅덩이 속으로 떨어졌다.

"이런!"

사칸의 몸이 사라지자 칠왕이 낭패한 기색을 보이며 동시에 절벽 아래로 모여들어 사칸이 빠져들어 간 웅덩이를 내려다봤다.

웅덩이는 제법 깊었다. 족히 십여 장은 넘을 것 같은 웅덩이는 그 아래쪽 상황이 제대로 보이지 않았다.

그러나 칠왕은 모두 특별한 힘을 지닌 자들이라 안력 또한 보통의 사람들과는 달랐다.

신력으로 안력을 높인 칠왕의 눈에 웅덩이 바닥에 쓰러져 있는 사칸과 그의 몸에서 흘러나와 흰 눈을 붉게 물들이는 피가 보였다.

"죽은 듯하오."

사삼우가 말했다.

"맞소. 생기가 느껴지지 않소. 움직임도 없고."

석두인이 사삼우의 말에 동의했다.

그러자 현월문주 가륵이 신중하게 말했다.

"그래도 시신을 회수해야 하오. 선조들이 마룩의 시신을 회수하지 못한 잘못을 다시 범해서는 안 되오."

"맞는 말이오. 전사들을 불러 그의 시신을 회수하라고 합시다."

오손의 왕 하막이 고개를 끄떡였다.

"그것보다 적황께서는……?"

헤루안의 왕 공령의 말에 칠왕이 동시에 시선을 뒤로 돌렸다. 그러자 칠왕의 눈에 구룡의 품에 안겨 있는 적황의 모습이 들어왔다.

제9장
전설의 마룡 우루노, 그리고 신들의 싸움

"괜찮다."

적황이 구룡의 품에서 벗어나 하얀 설원에 가부좌를 틀고 앉으며 말했다. 그의 몸 곳곳에 화살촉처럼 비산하던 사칸의 기운에 격중된 상처가 낭자했다.

늙은 몸에서 흐르는 피는 조금 더 처절했다. 몸의 상태로 보자면 적황은 곧 죽어도 이상할 것이 없었다.

그러나 적황의 눈빛을 본 사람이라면 적황이 결코 죽음에 이르지 않을 것임을 확신할 수 있었다. 그의 눈빛은 여전히 형형했고, 오히려 부상을 입기 전보다 맑아 보였다.

"정말 괜찮으십니까?"

적황의 앞에 선 적풍이 무겁게 물었다. 무심한 듯하면서도 걱정이 묻어나는 목소리였다.

"괜찮다니까?"

적황이 같은 말을 두 번 하게 만들지 말라는 듯 귀찮은 표정을 지어 보였다.

"무황, 어서 하산합시다."

어느새 다가온 가륵도 적황을 보며 말했다. 목숨은 위험하지 않을지 몰라도 빨리 치료를 해야 할 몸이었다.

"아니오. 여기서 그의 시신을 보겠소."

적황이 단호하게 말했다.

"하지만……."

가륵이 다시 입을 열려는 순간 적황이 손을 들어 가륵의 말을 막았다.

"지금은 내려가려 해도 내려갈 수 없소. 일단 내 스스로 몸을 추슬러야 하니까."

그 말은 생각보다 적황의 부상이 심각하다는 뜻이다. 스스로 기운을 조절할 시간이 필요하단 뜻이기도 했다.

"알겠소이다. 그럼 난 일을 마무리하겠소."

"그렇게 하시오."

적황이 고개를 끄떡였다.

가륵이 빙벽이 무너져 웅덩이가 만들어진 곳으로 가자 적풍이 적황의 뒤에 서 있는 구룡에게 물었다.

"넌 괜찮은 거냐?"

적풍의 물음에 구룡이 퍼뜩 놀라 정신을 차렸다. 그는 마치 얼이 빠진 듯한 표정으로 적황을 바라보고 있었다.

"저, 전 괜찮습니다. 하지만 무황께서……."

구룡은 무황이 큰 부상을 입은 것이 자신의 탓이라고 생각하는 모양이다.

"네 탓이 아니다."

적풍이 위로하듯 말했다.

"하지만……."

"십자성주의 말이 맞다. 구룡 네 탓이 아니다. 네가 아니었더라도 그 순간에는 내가 나서야 했다. 칠왕 중 누구도 여유가 없었으니까. 더군다나 결과가 좋지 않으냐?"

기력을 조절하기 위해 호흡을 고르고 있던 적황이 말했다.

"하지만……."

"그리고 아주 나빴던 것만은 아니다."

적황이 가볍게 미소를 지었다.

"즐거운 일이라도 있습니까? 그 몸을 하시고도……."

적풍이 퉁명스레 물었다.

사실 적풍은 적황의 행동이 너무 무모했다고 생각하고 있었다. 물론 그런 방법이 아니었다면 구룡도 큰 부상을 입었겠지만 부상을 나누어 진다고 생각하면 서로의 피해를 줄일 수도 있었을 것이다.

"좋은 일이야 많지."

적황이 대답했다.

"대체 뭐가 좋으십니까?"

적풍이 여전히 불만스러운 표정으로 되물었다.

"하나는 어쨌거나 그자를 제거했다는 것이고, 다른 하나는 아바르의 동량을 지켜냈다는 것. 하지만 이런 것들보다 더 중요한 것은… 네게 아버지 소리를 들었다는 것이다."

적황이 내뱉은 뜻밖의 말에 적풍이 입을 닫고 그를 바라봤다.

"네 목소리를 들었다. 사칸과 격돌하는 그 순간에… 그때 깨달았지. 사칸과의 격돌이 결코 손해가 아니라는 것을."

적황이 빙그레 미소를 지었다. 그러자 적풍이 조금 당황한 표정으로 퉁명스레 말했다.

"몸이나 추스르십시오."

"걱정 말거라. 기력이 상했을지언정 수명이 줄어든 것은 아니니까."

"그럼 다행이고요. 구룡!"

"예, 성주!"

구룡이 적풍의 부름에 얼른 대답했다.

"무황님을 지켜라."

"예, 성주!"

구룡이 한 걸음 무황 앞으로 나서며 대답했다. 그 모습을 본 적풍이 몸을 돌려 칠왕이 모여 있는 곳으로 걸음을 옮겼다.

"정이 많아, 그게 흠이지."

적황이 멀어지는 적풍을 보며 말했다.

"절대 흠이 아닙니다."

감히 구룡이 적황의 말에 반대했다. 그러자 적황이 구룡을 돌아보며 짐짓 화를 냈다.

"네놈이 정말 아바르를 떠나 십자성의 사람이 되었구나. 내 말에 토를 달고 십자성주의 역성을 들다니."

"단지 제 생각을 말씀드렸을 뿐입니다."

"정이 많기에 녀석은 아바르를 포기했다. 형제간의 골육상쟁을 회피한 것이지. 그러니 흠이다. 사사로운 정으로 큰일을 저버렸으니."

적황의 적풍이 아바르의 제왕 자리를 포기한 것이 형제간의 골육상쟁을 피하기 위한 것으로 생각하는 모양이다.

"글쎄요. 하지만 그래서 아바르는 더 강해질 것입니다. 십자성이라는 또 하나의 신혈의 왕국이 생겼으니까요."

"또 하나의 왕국?"

"십자성은 결국 아바르 못지않게 신혈족을 지키는 든든한 울타리가 될 겁니다. 결과적으로 이 땅에 두 개의 신혈족 왕국이 존재한다는 것은 중요한 의미지요. 하나는 공격받기 쉬워도 둘은 어려우니까요."

구룡의 말에 적황이 고개를 저었다.

"네 말이 틀린 것은 아니다. 하지만 그건 그저 결과일 뿐 십자성주가 의도한 바는 아닐 것이다."

"글쎄요. 그건 모르지요."

"허허, 네놈이 정말……."

적황이 허탈한 듯 웃음을 흘렸다.

"마음이 상하셨다면 죄송합니다."

"아니다. 네 생각이 맞을지도 모르니까. 아무튼 난 그만 좀 쉬어야겠다."

적황이 자세를 바로 한 채 눈을 감았다. 본격적으로 운기를 시작하려는 것이다.

그러자 구룡이 가볍게 고개를 숙여 보이고는 한 걸음 뒤로 물러났다.

*   *   *

설봉에 일백여 명의 전사가 모여들었다. 십자성에 남은 전사들을 제외하고는 거의 모든 칠왕의 전사들이 설봉으로 올라온 것이다.

그들 중 일부가 사칸의 시신을 회수하기 위한 준비를 시작했다. 사칸이 죽어 있는 구덩이는 수직으로 파인 얼음 절벽 아래 있었으므로 그의 시신을 가지고 올라오려면 칠왕의 전사들도 제법 준비를 해야 했다.

내려가는 것은 그리 어려운 일이 아니지만 수직의 빙벽을 사람을 둘러메고 올라오기는 쉬운 일이 아니기 때문이다.

더군다나 칠왕과 사칸의 충돌로 인한 충격으로 만들어진 구덩이라 언제 다시 허물어질지 알 수 없었다. 당장 빙벽 위쪽에도 거대한 얼음 덩어리가 위태롭게 자리 잡고 있었고, 사칸이 죽어 있는 구덩이 바닥도 다시 허물어질 것처럼 여러 갈래로 금이 가 있었다.

더군다나 이미 날이 어두워져 사람들의 움직임이 자유롭지 않았다.

십자성에서 급히 가져온 밧줄로 줄사다리가 만들어졌다. 그리고 칠왕의 전사들 중 날렵한 몸을 가진 다섯 명이 조심스럽게 구덩이 아래로 내려갔다.

칠왕은 구덩이 아래가 보이는 곳에 커다란 모닥불을 피워놓고 칠왕의 전사들이 사칸의 시신을 수습하는 것을 지켜보고 있었다.

"내일로 미룰 걸 그랬소."

칠왕의 전사들이 어두운 구덩이 속에서 어렵게 움직이는 것을 보며 헤루안의 왕 공령이 말했다.

"이런 일은 빨리 끝내는 것이 좋지 않겠소?"

사삼우는 공령과 다른 생각인 모양이다.

"그렇긴 하지만 위험해 보이는구려."

공령이 구덩이를 둘러싼 여러 빙벽의 잔재들을 보며 말했다. 그리고 그 걱정은 금세 현실이 됐다.

그그긍!

갑자기 구덩이 위쪽의 빙벽에 튀어나와 있던 거대한 얼음 덩어리가 요동치기 시작했다.

그러자 칠왕이 누가 먼저랄 것도 없이 자리를 박차고 일어났다.

"위험하다! 조심하라!"

석두인의 입에서 경고성이 터져 나왔다.

쿠쿠쿵!

그 순간 소리를 내기 시작하던 얼음 덩어리가 빙벽에서 떨어져 나와 구덩이로 추락하기 시작했다.

"벽에 붙어라!"

장유황이 바람처럼 날아 검을 뿌리며 소리쳤다.

콰앙!

장유황의 검에서 뻗어 나간 검기가 구덩이를 향해 추락하던 거대한 얼음 덩어리를 가격했다.

그러자 얼음 덩어리가 서너 부분으로 갈라졌다. 그 위로 다시 적풍과 오손의 왕 하막의 검기가 덮쳐갔다.

카카캉!

날카로운 파열음을 내며 얼음 덩어리들이 더 작은 조각으로 갈라졌다. 그럼에도 불구하고 어린아이 머리만 한 크기의 얼음 덩어리 몇 개가 이미 구덩이 바닥에 떨어지고 있었다.

카캉!

구덩이 안쪽에서도 날카로운 파열음이 들렸다. 구덩이에 내려가 있던 칠왕의 전사들이 검을 들어 떨어지는 얼음 덩어리들을 막아내는 소리였다.

쿠르릉!

뒤를 이어 칠왕에 의해 산산조각 난 얼음의 파편들이 눈사태처럼 구덩이를 메웠다.

"이런!"

칠왕이 낭패한 표정으로 구덩이 위쪽으로 몰려들었다. 구덩이 아래쪽은 어둠에 싸여 있었다. 칠왕의 전사들이 가지고 내려간 햇불은 얼음 더미에 파묻혀 꺼진 지 오래였다.

"괜찮은가?"

헤루안의 왕 공령이 급히 구덩이 아래쪽을 보며 소리쳤다.

"괜찮습니다! 다만 부상자가 있습니다!"

"어서 부상자를 데리고 올라오라!"

"알겠습니다!"

구덩이 아래쪽에서 대답이 들렸다.

"그나마 다행이구려."

하막이 안도의 숨을 쉬며 말했다.

그러자 공령이 말했다,.

"아무래도 날이 밝은 후에 해야겠소."

"음, 그럽시다. 하룻밤 늦어진다고 큰일 나는 것도 아니니."

석두인도 동의했다.

그러자 사삼우도 더는 고집을 피울 수 없었다.

"좋을 대로 하시구려. 난 들어가 쉬겠소."

사삼우가 훌쩍 신형을 돌려 자신의 수하들이 세워놓은 막사
쪽으로 걸어갔다.

"성격 하고는, 쯧."

물러가는 사삼우를 보며 석두인이 혀를 찼다.

"하루 이틀도 아니고 어쩌겠소."

하막이 퉁명스럽게 대답했다.

그러는 사이 구덩이에서 칠왕의 전사들이 올라왔다.

"어떤가?"

가륵이 칠왕의 전사들 쪽으로 다가가며 물었다.

"다들 괜찮은데 이 친구의 팔이 부러진 듯합니다."

한 사내를 부축하고 있던 전사가 대답했다.

"알겠네. 어서 데려가 치료하게."

"알겠습니다."

빙하의 구덩이에 내려갔던 칠왕의 전사들이 서둘러 자신들
의 막사로 돌아갔다.

그러자 그 모습을 보고 있던 하막이 입을 열었다,

"일단 우리도 오늘은 쉽시다. 제법 피곤하구려."

"맞소이다, 아침부터 제대로 쉬지를 못했으니."

장유황이 맞장구를 쳤다.

"생각해 보면 참 대단한 자요."

새삼스럽게 사칸에 대해 두려운 마음이 드는지 하막이 빙하의 웅덩이 아래를 내려다보며 중얼거렸다. 얼음 더미에 파묻힌 사칸의 모습은 더 이상 눈에 보이지 않았다.

"자자, 그만 들어갑시다."

석두인이 일행을 재촉했다. 그러자 다른 칠왕도 각자 자신들의 거처로 걸음을 옮기기 시작했다.

"십자성주께선 이곳에 계시려오?"

가륵이 구룡의 보호를 받으며 여전히 운기 중인 적황을 보며 물었다.

"무황께서 운기를 마치시면 함께 들어가겠소."

적풍이 대답했다.

"알겠소이다. 오늘 수고하셨소."

가륵의 말에 적풍이 가볍게 고개를 끄떡여 보였다. 그러자 가륵이 느릿한 걸음으로 자신의 거처로 들어갔다.

무황은 한 시진 가까이 운기를 했다.

그가 운기를 마쳤을 때는 거의 자정이 가까워져 있었는데, 그래서 적풍와 구룡, 그리고 적황은 별다른 대화 없이 자신들의 막사로 향했다.

그런데 그렇게 모두가 깊은 밤의 침묵에 빠져들었을 때, 사람들의 눈이 닿지 않는 곳, 무너진 얼음 더미에 묻힌 사칸의 시신이 있는 그 깊은 빙하의 웅덩이 속에서 기이한 일이 벌어지기 시작했다.

스스스.

뱀이 풀밭을 기어가는 것처럼 미세하면서도 소름 끼치는 소리가 빙벽 안쪽에서 흘러나왔다.

그리고 검붉은빛, 붉은 기운을 띠면서도 모이면 검은색으로 변하는 빛이 그 소리와 함께 흘러나와 빙하의 웅덩이를 메우기 시작했다.

그러자 지금까지와는 또 다른 소리가 만들어졌다.

스르르!

무너져 내린 얼음 부스러기가 녹기 시작하는 소리였다. 얼음이 녹아 만들어진 물은 웅덩이 아래쪽 금이 간 빙하 속으로 스며들었다. 그러자 서서히 사칸의 시신이 모습을 드러냈다.

살았을 때는 세상을 한 손에 움켜쥘 것처럼 강력해 보이던 사칸의 몸이 죽은 상태로는 볼품없고 나약한 노인의 몸에 지나지 않았다.

그의 시신에 걸쳐진 옷 또한 칠왕의 도검에 의해 갈가리 찢겨 있어서 시신이라기보다는 오래된 야수의 시체 같았다.

빙벽 속에서 흘러나와 사칸을 덮고 있던 얼음 부스러기를 녹인 검붉은빛이 어느 순간부터 사칸의 시신 주위로 모이기 시작했다.

그러자 물이 고이듯 모인 검붉은빛 속에서 사칸의 시신이 물속에 있는 것처럼 떠올라 위를 향해 돌아누웠다. 그리고 한순간 그의 눈이 번쩍 떠졌다.

"크으으!"

그의 입에서 고통스러운 신음이 흘러나왔다. 그러자 빙벽에서 흘러나오는 빛이 더욱 강렬해졌다. 사칸은 이제 반쯤 앉은 상태로 상체를 일으키고 있었다.

그의 몸은 빛이 흘러나오는 빙벽을 정면으로 바라보고 있었다.

한순간 그의 얼굴에 환희의 빛이 일렁이며 입이 잠꼬대를 하듯 열렸다.

"마룡 우루노……."

순간 빛을 흘려내던 빙벽에 금이 가기 시작했다.

쩌저적!

지진이라도 일어난 듯 그렇게 금이 가기 시작한 빙벽이 이내 크게 갈라졌다. 그리고 그 안에서 거대한 체구의 괴인 시신이 모습을 드러냈다. 빛은 그 괴인의 눈에서 흘러나오고 있었다.

"힘을 다오, 마룡이여."

사칸이 유령처럼 중얼거렸다.

그러자 거구의 괴인으로부터 흘러나오는 빛이 더욱 강렬해졌다. 그럴수록 빙벽에 죽어 있는 거구의 괴인은 점점 쪼그라들기 시작했다. 마치 자신의 모든 것을 사칸에게 전해주고 죽어가는 것처럼.

콰르릉!

어스름한 새벽, 하늘이 무너지는 것 같은 굉음에 설봉 위에서 야숙을 하던 칠왕의 전사들이 잠에서 깨어났다.

그리고 그들을 보았다. 태양보다 먼저 빙벽을 뚫고 올라오는 검붉은빛의 무리를.

"뭐냐?"

칠왕이라고 예외가 아니었다. 그들 역시 잠에서 깨어나 나는 듯이 설원으로 나섰다.

가장 먼저 설원에 나온 석두인의 외침에 그의 수하가 손을 들어 빙벽을 가리켰다.

"저, 저기……."

다른 때라면 이런 대답은 용납될 수 없었다. 그러나 지금은 그것만으로도 충분한 대답이었다.

석두인 역시 이 짧은 수하의 대답에 화를 낼 수 없었다. 입으로 묻기는 했지만 그는 대답을 듣기 전 벌써 눈으로 그 답을 확인하고 있었기 때문이다.

빙벽을 타고 오르는 검붉은빛은 마치 용의 승천 같았다. 그 빛을 따라 빙벽이 녹아내리면서 빙벽에 거대한 자국이 생겼다.

그리고 그 빛에 끌려 올라오듯, 아니, 달리 보면 그 빛을 밀고 올라오듯 그자가 올라왔다.

"사칸!"

석두인이 신음처럼 중얼거렸다.

거대하게 그려지는 빙벽의 용, 그 용을 부리듯 허공으로 떠오르는 사칸을 칠왕의 전사들이 두려운 눈으로 바라보고 있었다.

"구룡!"

적풍이 구룡을 불렀다.

"예, 성주!"

어느새 다가온 구룡이 용의 기운을 뿜어내는 사칸을 보며 대답했다.

"싸움이 끝나지 않은 모양이다."

"그런 모양입니다."

"가자!"

"옛, 성주!"

다른 사람들이, 칠왕조차도 죽은 사칸이 부활하고 그가 거대한 용의 기운을 뿜어내는 광경에 정신 차리지 못할 때 적풍과 구룡은 사칸을 공격하기 위해 빙벽을 향해 질주했다.

그러자 가륵이 뒤쪽에서 소리쳤다.

"사칸이 마룡 우루노의 기운을 얻었소! 칠왕께선 힘을 모아 그를 공격해 주시오!"

가륵의 외침에 퍼뜩 정신을 차린 칠왕이 앞서 달리는 적풍과 구룡을 발견하고는 이내 그들의 뒤를 따라 눈 위를 질주하기 시작했다.

"크흐흐! 와라! 미물에 불과한 존재들아!"

십여 장 높이의 빙벽에 떠 있던 사칸이 붉은 눈으로 자신을 향해 달려오는 적풍과 다른 칠왕을 보며 외쳤다.

그는 여전히 다 찢긴 옷을 걸치고 있었지만 그 몸은 죽기 전과 확연히 달랐다.

온몸은 구릿빛으로 물들어 있었고 꿈틀대는 힘줄과 근육은 젊은 청년의 그것과 같았다.

회춘의 영약을 먹은 것처럼 그렇게 젊음의 몸을 되찾은 사칸이 두 손을 들어 올려 마치 칠왕 모두를 품속에 받아들이는 자세로 그들을 부르고 있었다.

적풍이 눈살을 찌푸렸다. 그는 마치 거대한 바다를 향해 돌진하는 것 같은 느낌을 받았다. 이대로 빨려들어 가면 그대로 사칸이 만드는 검붉은 바다에 빠져 헤어 나오지 못할 것 같은 느낌이 들었다.

그래서 자신도 모르게 걸음을 멈췄다. 아마도 적풍이 십자성의 성주가 된 이후 처음으로 적을 앞에 두고 걸음을 멈춘 날일 것이다.

그사이 그를 따르던 구룡과 다른 칠왕이 속속 빙벽 앞에 도착했다.

"정말 우루노의 힘을 얻은 건가?"

적풍 뒤에 당도한 하막이 질린 표정으로 중얼거렸다.

"그런 것 같소."

헤루안의 제왕 공령이 대답했다.

"대체 어떻게……?"

하막이 믿을 수 없다는 듯 고개를 저었다.

"젠장, 전설이 사실이었던 모양이오. 여기서 마룡 우루노가 죽은 모양이오."

사삼우의 입에서는 욕설까지 흘러나왔다.

"어떻게 이런 우연이……."

장유황도 자신들에게 일어난 일을 믿을 수 없다는 듯 연신 고개를 저었다.

"아! 모든 것은 운명인가? 역사는 반복된다더니……."

절대 마음이 흔들릴 것 같지 않던 가륵조차도 이번만큼은 감당하기 쉽지 않은 듯 혼잣말을 중얼거렸다.

"어쩌면 좋겠소?"

석두인이 가륵에게 물었다.

그러자 가륵이 대답했다.

"그를 이곳에서 내려보낼 수는 없소."

"싸우자는 거요?"

석두인이 되묻자 가륵이 고개를 끄떡였다.

"마룡의 힘을 얻기 전의 사칸조차도 겨우 제압했거늘 과연 우리가 저자를 다시 제압할 수 있겠소?"

장유황이 불안한 표정으로 물었다.

"물론 결과를 예측할 수 없는 싸움이 될 거요. 그리고 우리 중 몇은 죽을지도 모르겠소. 하지만 그렇다고 저자를 세상에 내려보내면 칠왕의 왕국은 더 큰 위기에 처하게 될 거요. 어쩌면… 세상이 멸망할 수도 있소."

가륵이 중얼거렸다.

'그리고 밀교의 문도 위험해지겠지.'

가륵은 그 말까지는 하지 않았다. 그러나 적어도 가륵에게는 그게 가장 중요한 문제일 것이다.

그럼에도 불구하고 적풍 역시 이곳에서 마룡의 힘을 얻은 사칸을 상대하지 않을 수 없다는 것을 알고 있었다.

이자가 세상에 나가면 세상은 파국으로 치닫게 될 것이다. 그리고 그 파국의 여파는 십자성의 식구들에게도 미쳐 그들의 운명이 어찌 될지 알 수 없게 만든 것이다. 적풍은 그런 불확실성 속에 십자성 식구들을 놓아둘 수 없었다.

"결국 싸워야 하는가?"

사삼우가 입술에 침을 바르며 중얼거렸다. 싸움이라면 본능처럼 빠져드는 그조차도 이번 싸움은 긴장이 되는 듯 보였다.

"후우, 해야 할 일이라면 해봅시다."

헤루안의 왕 공령이 결심을 굳힌 듯 말했다.

"앞서와 같이 검진을 형성해 저자를 상대해야 할 것이오. 난 저자의 빈틈을 노리겠소."

가륵이 말했다.

그러자 칠왕이 말없이 고개를 끄떡였다.

"무황께서 다치신 게 아쉽구려."

석두인이 고개를 돌려 멀리 자신의 막사 앞에 나와 불타오르는 사칸을 바라보고 있는 무황 적황을 보며 말했다.

"무황께서는 이미 할 만큼 하셨소."

공령이 말했다.

"알고 있소. 단지 무황의 힘이 아쉽다는 것이지."

석두인이 퉁명스럽게 대답했다.

그때 빙벽 위쪽으로 떠올라 있던 사칸이 서서히 땅으로 내려왔다. 마룡의 힘을 모두 흡수했는지 그의 모습이 이전과 달리 평범한 사람처럼 보였다.

물론 그럼에도 불구하고 그는 변해 있었다.

"고마운 일이다. 너희들로 인해 마룡 우루노의 힘을 얻었으니. 그 공으로 너희들의 잘못을 용서하겠다. 복종하라. 그러면 너희들은 여전히 칠왕으로 불릴 것이고, 세상 위에 군림할 것이다."

가륵이 마치 신이라도 된 듯 오만한 태도로 칠왕을 보며 말했다.

"당신의 노예로 말이지?"

사삼우가 되물었다.

"노예. 우울한 말이지. 하지만 노예면 어떤가? 나 한 사람의 노예가 됨으로써 수만 명의 노예를 부리는 왕으로 살 수 있는데."

사칸이 사악한 미소를 지으며 말했다. 사악하면서도 유혹적인 말이기도 했다.

승패를 가늠할 수 없는 싸움, 어쩌면 누군가는 죽을 수도 있는 싸움이다. 한순간의 치욕을 참으면 그 죽음의 위협에서 벗어날 수도, 지금까지 누리던 영광을 계속 누릴 수도 있었다. 그러니 사칸의 제안은 사악해서 더 유혹적인 것이었다.

그러나 칠왕은 칠왕이다. 과거 어둠의 마룩과 마룡 우루노를 물리치고 이 땅에 군림한 자들의 후손이다. 그래서 그들은 적어도 이 사악한 자의 사악한 유혹을 견뎌낼 정신력을 가지고 있었다.

"한 사람에게 무릎을 꿇는 것은 모든 사람에게 무릎을 꿇는 것과 같다. 칠왕이 그런 치욕을 감수할 수는 없지."

헤루안의 왕 공령이 가장 먼저 사칸의 말에 반발했다. 평소 그의 성정을 생각하면 의외이긴 했으나 또한 이 상황에서 가장 맑은 정신을 유지하고 있는 사람이 그라는 것은 이상한 일이 아니었다.

그리고 그의 말이 칠왕의 투기를 일깨웠다.

"맞는 말이야. 칠왕이 누군가의 노예가 된다는 것은 있을 수 없는 일이지."

석두인도 거대한 검을 움켜잡으며 맞장구를 쳤다.

그러자 사칸의 눈에서 뜨거운 용암 같은 안광이 흘러나왔다.

"나쁘지 않은 선택이다. 명예는 지켜질 것이다. 대신 죽음으로 대가를 치러야겠지. 이후 새로운 신검의 주인이 정해질 것이고, 그들을 통해 위대한 마룩의 후예 나 사칸이 신검주들의 주인이 되어 세상을 다스리겠다. 그리고 문(門)도 결국에는 열리겠지. 두 개의 세상이 결국 내 아래 있을 것이다."

사칸의 눈이 칠왕의 뒤에 서 있는 가륵을 바라봤다. 그가 말한 문이 무엇을 말하는지 가장 잘 알고 있는 사람이 가륵이다.

"그대의 뜻대로 되지는 않을 것이다. 과거 마룩이 그러했듯이 그대 또한 또 한 번의 좌절을 경험하게 될 것이다."

가륵이 사칸의 말에 대꾸했다. 그러자 사칸이 사악한 미소를 지으며 말했다.

"마룩은 위대했으나 한 가지 실수를 했다. 그건 마룡의 힘을 자신이 아닌 우루노에게 준 것이지. 물론 우루노는 충실한 마룩의 노예였으나 힘의 분산으로 인해 결국 칠왕에게 패했다.

그런 실패는 한 번으로 족하다. 난 마룡의 힘을 스스로 취했다. 그럼으로써 너희들이 감히 상대할 수 없는 존재가 되었다. 위대한 마룩의 정념과 마룡의 신력, 이 둘을 모두 가진 나에게 너희들은 그저 미물일 뿐이다."

말을 하는 동안 사칸의 눈에서 흘러나온 검붉은 기운이 다시 그의 몸을 감싸기 시작했다.

신과 인간의 사이, 혹은 인간과 악마의 사이에 있는 것 같은 사칸의 모습에 칠왕은 두려움에 휩싸였다.

더군다나 칠왕 역시 사칸이 한 말이 결코 과장이거나 협박을 하기 위한 궤변이 아니라는 것을 알고 있었다.

마룩의 법술과 마룡의 신력, 이 둘이 한 사람의 몸에 존재한다는 것은 지금껏 세상에 없던 강력한 존재가 탄생했다는 의미이기 때문이다.

지금까지도 영원한 의문인 것은 과거 어둠의 마룩이 왜 스스로 마룡의 신단을 취하지 않고 서웅족의 거인 우루노에게 신단을 취하게 했느냐는 것일 만큼 두 힘의 결합은 절대적인 공포심을 주고 있었다.

그런데 그런 사칸을 향해 가륵이 차분한 목소리로 경고했다.

"모든 일에는 다 이유가 있는 법이다. 당연히 마룩이 마룡의 신력을 취하지 않은 것도 그 이유가 있었을 것이다. 두 개의 힘을 한 사람의 몸으로는 감당할 수 없을 것이란 사실 같은 것 말이다."

"후후후, 지금 날 걱정하는 것이냐? 그렇다면 걱정할 필요

없다. 난 이미 그 두 힘을 흡수했으니까. 그리고 사람의 경지를 벗어난 존재가 되었다."

사칸이 사악한 미소를 지으며 말했다.

"설마 정말 네 자신이 신이라도 된 줄 아느냐?"

사삼우가 소리쳤다.

"증명해 주지. 내가 너희들과는 다른 존재라는 것을."

사칸이 오른손을 들어 가볍게 내리그었다. 그러자 그의 손에서 검붉은 기운이 번개처럼 일어나더니 그대로 사삼우의 머리에 떨어졌다.

"웃!"

사삼우가 벼락같은 사칸의 공격에 급히 검을 들어 검붉은 기운은 비껴내며 옆으로 나뒹굴었다.

퍼퍼퍽!

사삼우가 서 있던 자리에 떨어진 검붉은 기운이 거대한 웅덩이를 만들었다. 그 웅덩이 안으로 강력한 열기에 녹은 눈이 샘처럼 고이기 시작했다.

"젠장!"

가까스로 사칸의 공격을 벗어난 사삼우가 욕설을 해대며 자세를 바로잡았다. 그런 사삼우를 보며 사칸이 조롱하듯 말했다.

"크흐흐, 눈밭을 나뒹구는 꼴이 꼭 강아지 같구나. 네겐 다시 한 번 기회를 주지. 날 위해 내 발을 핥는 개가 되어라. 그러면 넌 다른 모든 사람에게 호랑이가 될 것이다."

사칸의 말에 사삼우의 얼굴이 벌겋게 달아올랐다. 진심으로 제안한 것이 아니라 자신을 조롱하기 위해 한 말임을 알기 때문이다.

"이놈, 오늘 내가 죽어도 네놈의 목을 자르고 말겠다!"

사삼우가 사칸을 보며 소리쳤다.

"개가 되진 않겠다고? 좋아, 이제 모두 오너라. 이 땅에 새로운 신(神)이 탄생한 것을 기념해서 칠왕의 무덤을 이 자리에 만들어주리라. 와라!"

사칸이 두 팔을 하늘로 들어 올렸다. 그러자 그의 손끝에서 뻗어 나온 검붉은 기운의 줄기들이 칠왕과 가륵을 공격했다.

쩌저적!

사칸이 만들어내는 기운에선 앞서와 마찬가지로 벼락 치는 소리가 일어났다. 또한 그 한 줄기 한 줄기에 담긴 힘은 신검주들을 상대하기에 부족함이 없었다.

신검주들이 자신을 향해 날아오는 사칸의 기운을 막기 위해 신검을 휘두르며 사방으로 흩어졌다.

콰콰쾅!

사칸의 기운과 신검주들이 충돌하자 강력한 파열음이 설봉을 뒤흔들었다.

쩌저적!

양쪽의 충돌로 인한 충격이 빙벽에도 영향을 주어 빙벽에 거대한 금이 가기 시작했다.

사칸은 홀로 가륵과 칠왕을 상대하고도 전혀 흔들리는 기색이 없었다. 오히려 사칸의 기운을 상대하는 칠왕이 당황한 듯 보였다. 그건 곧 사칸 혼자의 힘이 능히 칠왕을 상대할 수 있다는 의미였다.

"검진을 펼치시오!"

가륵이 소리쳤다. 힘으로 상대할 수 없다면 일곱 개의 신검이 만들어내는 오묘한 검진의 힘에 기댈 수밖에 없었다.

가륵의 외침에 칠왕이 급히 각자의 자리를 찾아 움직였다. 이미 여러 번 펼친 검진이라 이젠 익숙하기도 했고, 또 신검들이 스스로 신검주들을 검진으로 이끌기도 했다.

그렇게 칠왕이 다시 한 번 사칸을 검진 속에 가두었다.

북두칠성 모양으로 이뤄진 신검주들의 검진 속에서 사칸은 예의 그 사악한 웃음으로 자신을 둘러싸는 신검주들을 응시하고 있었다.

"죽어라!"

시작은 앞서 공격을 당한 사삼우였다. 그의 검이 섬뜩한 검기를 일으켜 사칸의 목을 향해 폭사했다.

사삼우의 뒤를 이어 일곱 명의 신검주가 일제히 사칸을 향해 검을 뻗어냈다.

"좋아, 오늘의 이 싸움은 영원히 이 땅의 역사에 기록될 것이다. 하하하!"

자신을 향해 달려드는 신검주들을 바라보며 사칸이 소름 끼치는 웃음을 터뜨렸다.

제10장
문(門)

'이건 정말 쉽지 않군.'

강력한 반탄력에 뒤로 밀려나며 적풍이 절레절레 고개를 저었다.

전왕의 검은 일곱 개의 신검 중 가장 강력한 힘을 가졌지만, 그 전왕의 검이 만들어내는 검기도 사칸에게 이르러선 그의 기운을 단 반 자도 뚫지 못했다.

오히려 강력한 반탄력에 밀려 뒤로 물러나기 일쑤였다. 적풍이 그 지경이었으니 다른 칠왕의 사정도 더하면 더했지 못하지 않았다. 이미 크고 작은 부상을 입는 자들이 나타나고 있었다.

사칸의 힘은 갈수록 강해지는 것 같았다. 마치 하늘과 땅의 기운을 모두 받아들이듯 그렇게 사칸의 힘은 점점 더 버겁게 커져가고 있었다.

"동시에 공격해야 하오!"

시간이 지날수록 흐트러지는 검진을 보며 뒤쪽에서 가륵이 소리쳤다.

'망할 늙은이!'

적풍이 내심 가륵을 향해 욕설을 해댔다.

검진을 유지해야 한다는 것을 모르는 사람은 없었다. 다만 검진을 유지하기가 힘들 뿐. 그래도 가륵의 말은 틀린 것이 아니어서 적풍은 다시 몸을 날려 본래 자신이 점유해야 할 자리로 들어갔다.

"크흐흐, 애송이, 다시 왔느냐?"

적풍이 제자리를 찾는 것을 보고 사칸이 조롱했다.

"그러게. 늙은이 하나 이기질 못하니 창피하군."

적풍이 퉁명스럽게 대답하며 번개처럼 사자검을 휘둘렀다.

번쩍!

사자검에서 일어난 강력한 검기가 그대로 사칸의 기운에 격중했다. 그러나 사칸은 적풍의 검기를 흡수하는가 싶더니 더 강력한 기운을 쏘아 보냈다.

좌아악!

화살처럼 날아오는 사칸의 검붉은 기운을 보며 적풍이 가볍게 허공에서 제비를 돌았다.

팟!

사칸의 검붉은 기운이 아슬아슬하게 적풍의 옷깃을 스치고 지나갔다. 그 순간 재차 적풍이 검을 휘둘렀다. 허공에 떠 있는 상태에서 펼쳐지는 적풍의 검술도 놀라웠다.

콰아아!

적풍의 검에서 일어난 강력한 검기가 사칸을 향해 뻗어 나갔다. 그러자 다른 신검주들도 거의 동시에 사칸을 향해 검을 뻗었다.

쿠오오!

일곱 개의 검기가 섞여들며 무지갯빛 검기의 망이 사칸을 뒤덮었다.

"크흐흐, 즐겁구나!"

일곱 개의 신검이 만들어내는 검기의 망 속에서 사칸이 가벼운 웃음을 흘렸다. 그리고 잠시 움츠린 두 팔을 맹렬하게 휘둘렀다.

우우웅!

사칸의 두 팔을 따라 검붉은 기운이 매서운 파공음을 내며 회오리를 일으키기 시작했다. 그러자 신검주들이 만든 검망이 사칸의 기운을 따라 회전하기 시작했다.

"허엇!"

신검주 몇몇이 당황한 음성을 터뜨렸다. 마치 낚시에 걸린 고기처럼 자신들이 만든 검기를 따라 그들의 몸이 사칸에게로 딸려가기 시작했기 때문이다.

"위험하오!"

멀리서 가륵이 소리쳤다.

"소리만 치지 말고 어떻게 좀 해보시구려!"

사삼우가 신경질적으로 소리쳤다.

그러자 가륵이 입술을 굳게 문 후 갑자기 하늘로 솟구쳤다. 그러고는 한 마리 새처럼 사칸의 머리 위로 날아들며 알 수 없는 진언을 읊조렸다.

순간 그의 손에 푸른 빛무리가 덩어리처럼 생겨났다. 가륵이 사칸의 머리 위를 날아 넘으며 그 빛무리로 사칸을 강타했다.

콰앙!

가륵의 던져낸 빛무리가 사칸의 검붉은 기운과 충돌하면서 거대한 굉음이 터져 나왔다.

순간 사칸의 몸이 크게 흔들렸다. 그러자 칠왕을 끌어들이던 힘이 순간적으로 약해졌다. 그 틈을 노려 칠왕이 재빨리 뒤로 물러났다.

그 와중에 헤루안 왕 공령이 급하게 빙벽 상단을 향해 검을 휘둘렀다. 그러자 그의 검에서 은빛 검기가 은하수처럼 일어나더니 빙벽의 상단을 향해 넓게 퍼져 나갔다.

그런데 그 아름다운 검기가 만들어낸 결과가 강렬했다.

콰르릉!

공령이 만들어낸 검기에 스친 빙벽이 거대한 소리를 내며 허물어지기 시작했다. 그리고 그 거대한 얼음 더미가 그대로 사칸을 뒤덮었다.

오직 공령, 세상의 모든 정기와 소통할 수 있는 헤루안의 왕 공령만이 끌어 쓸 수 있는 자연의 거대한 힘이 칠왕에게 잠시의 휴식을 선사했다.

칠왕은 재빨리 뒤로 물러나 얼음 더미에 파묻히고 있는 사칸을 바라봤다.

"힘을 회복하시오! 곧 다시 나올 거요!"

공령이 다른 왕들을 보며 소리쳤다. 그러자 가륵이 앞으로 달려 나오며 소리쳤다.

"내가 시간을 좀 더 벌 수 있을 거요!"

말이 끝나기도 전에 가륵의 몸은 어느새 사칸을 뒤덮고 있는 얼음 더미 위에 올라가 있었다.

가륵은 얼음 더미에 올라서자마자 가슴에 두 손을 모으고 진언을 외우기 시작했다. 그러자 그의 주위로 투명한 청색 기운이 모여들더니 마치 그물이 물고기 떼를 감싸듯 무너진 얼음 더미를 감쌌다.

현월문의 법술로 얼음 더미를 벗어나기 힘든 법술의 그물로 덮은 것이다.

그렇게 강력한 결계를 만들어놓은 가륵이 훌쩍 몸을 날려 칠왕의 곁으로 다가섰다.

"이대로 나오지 않았으면 좋겠소. 후우!"

장유황이 찢어진 옷자락을 여미며 중얼거렸다. 그 옷자락 안쪽으로 붉은 피의 자욱이 묻어났다.

"제길, 그렇게 쉬운 자가 아니지 않소?"

사삼우 역시 급히 상처를 살피며 말했다.

"검진을 형성한 채 그자를 맞아야 하오."

가륵이 말했다.

"그럽시다. 단단히 준비를 하고 한 번 더 싸워봅시다."

석두인이 고개를 끄떡였다.

그러자 칠왕이 누가 먼저랄 것도 없이 몸을 날려 얼음 더미

주위로 흩어져 다시 북두칠성 모양의 검진을 형성했다.

*   *   *

그그긍!

얼음 더미 아래서 지진이 난 듯한 소리가 들렸다. 적풍이 사자검을 말아 쥐었다. 그의 아래쪽에 서 있던 구룡 역시 불의 검을 들어 가슴 앞에 세웠다.

그러나 사칸은 쉽게 모습을 드러내지 않았다.

거대한 얼음 더미가 씰룩거리며 이리저리 들썩거렸으나 가륵이 펼친 현월문의 법술로 인해 쉽게 그 출구가 만들어지지 않고 있었다.

'제법 힘을 빼겠군.'

적풍이 속으로 생각했다.

세상에 마르지 않는 힘은 없다. 비록 사칸이 마룡 우루노의 신력을 얻었다 해도 그 힘이 영원할 수는 없었다.

마룡 역시 하늘 아래 존재하던 하나의 생물, 신이 아닌 이상 그 어떤 생명도 영원히 이어지는 힘을 가질 수는 없었다.

그래서 조금은 치졸해 보일 수 있는 사칸을 향한 이런 대응은 의외로 좋은 성과를 얻을 수도 있었다.

"에라!"

빙벽 가까이 있던 석두인이 망치 같은 검으로 한 번 무너져 내린 빙벽을 다시 때렸다.

쿠쿠쿵!

석두인의 검에 격중된 빙벽이 거대한 소리를 내며 다시 한 번 무너져 내렸다.

석재를 다루는 데 있어서는 타의 추종을 불허하는 석림의 왕이 빙벽의 가장 허약한 부분을 본능적으로 찾아내 가격한 것이어서 그 충격으로 재차 무너져 내린 얼음 덩어리들이 앞서 헤루안의 왕 공령이 만들어낸 얼음 더미만큼이나 거대했다.

새로운 얼음 더미가 쌓이자 들썩거리던 얼음의 무덤이 잠시 잠잠해졌다. 그러나 그것도 잠시, 갑자기 얼음 더미를 뚫고 한 줄기 검붉은빛이 솟구쳤다.

콰아아!

마치 물이 거꾸로 흘러 하늘로 나아가듯 그렇게 솟구친 검붉은 기운이 점점 더 영롱한 붉은색을 띠기 시작했다.

"읏!"

얼음 더미에 가장 가까이 있던 오손의 왕 하막이 갑자기 일어난 뜨거운 열기를 이기지 못하고 뒤로 물러났다.

"자리를 지켜야 하오."

가륵이 뒤쪽에서 경고했다. 그러자 하막이 재빨리 신력을 끌어 올리며 자신의 자리로 돌아갔다.

그사이 붉은 기운은 커다란 기둥만큼 굵어졌다. 그 뜨거운 열기로 인해 사칸을 덮고 있던 얼음 덩어리들이 한순간에 녹아내렸다.

"젠장, 머리도 좋은 놈이군."

사삼우가 투덜거렸다.

얼음 더미의 무게는 이겨내기 힘들지만 강력한 열기로 녹이게 되면 그 얼음 더미는 아무런 의미가 없어진다.

예상대로 얼음 더미 중앙에 수직의 동굴이 만들어졌다. 그리고 그 안쪽에서 흘러나오는 사칸의 기운이 점점 더 강렬해지더니 한순간 그의 머리가 모습을 드러냈다.

"죽어랏!"

사칸의 머리가 드러나는 순간 사삼우가 기다렸다는 듯이 검을 뻗어냈다.

그의 신검에서 만들어진 가늘지만 쇠처럼 단단해 보이는 검기가 무서운 속도로 사칸의 머리를 향해 뻗어갔다. 순간 사칸의 눈에서 검붉은 기운이 터져 나왔다.

콰릉!

사삼우의 검기와 사칸의 안광이 격돌하면서 강력한 파장이 일어났다. 그 덕에 얼음 더미들이 사방으로 흩어졌다.

"웃!"

사삼우가 사칸의 기운을 이기지 못하고 뒤로 물러났다. 그러자 다른 칠왕들이 일제히 사칸을 향해 검기를 뿜어내기 시작했다.

다시금 칠왕이 만들어내는 검기가 무지개 같은 검기의 그물을 만들어 사칸을 가두었다.

"크흐흐! 더 이상 이따위 장난이 통하지 않는다는 것을 알텐데?"

사칸이 칠왕의 검기 속에서 사악한 웃음을 터뜨렸다.

어느새 그의 몸은 완전히 얼음 더미를 벗어나 있었고, 그의 손은 여러 개의 그림자를 만들며 칠왕을 상대하고 있었다.

적풍은 터질 것 같은 압력 속에서도 사칸을 향해 조금씩 전진했다.

단독으로 상대했다면 도저히 이 압력을 견딜 수 없었을 것이다.

그러나 일곱 명의 신검주를 상대해야 하는 사칸의 힘은 결국 미세하게나마 그 틈을 보이고 있었다.

"반드시 네놈의 몸에서 피를 봐주마!"

적풍이 이를 갈며 중얼거렸다.

우우웅!

적풍의 전진을 막기 위한 사칸의 기운도 더욱 강렬해졌다. 사칸도 본능적으로 적풍이 위험한 거리까지 다가왔다는 것을 느끼고 있는 것이다.

그럴수록 적풍의 신력도 강해졌다. 그의 눈은 완전히 검고 투명하게 변해 있었고, 몸은 산처럼 커 보였다. 신혈의 힘을 최대한 발휘한 적풍은 마치 거대한 신장과 같았다.

그리고 한순간 적풍이 천천히 사자검을 앞으로 밀어냈다.

그그궁!

허공을 찔러가는 데도 적풍의 사자검에서 바위를 뚫는 것 같은 소리가 일어났다. 그럼에도 불구하고 적풍은 계속해서 검을 밀었다.

그러자 급기야 사자검에서 불꽃이 일어나기 시작했다. 사칸의 기운과 사자검의 기운이 충돌하며 일어나는 불꽃이었다.

"놈을 조금만 흔들어주시오!"

뒤에서 칠왕과 사칸의 싸움을 지켜보고 있던 가륵이 적풍이 사칸을 위협할 만큼 접근했다는 것을 알고 다른 칠왕에게 소리쳤다.

약간의 틈만 생기면 적풍에게 기회가 올 수 있다는 것을 알아챈 것이다.

물론 가륵의 말을 듣기 전 칠왕도 이미 적풍의 움직임을 주시하고 있었다. 그래서 가륵의 말이 뭘 의미하는지도 알고 있었다.

그러나 그럼에도 불구하고 그들은 쉽사리 이 상황에 변화를 줄 수 없었다. 워낙 팽팽하게 균형이 잡혀 있는 상태라 약간의 빈틈도 치명적인 결과를 가져올 수 있기 때문이다.

그러나 사칸에게 근접한 적풍이 제대로 공격을 하려면 결국 다른 칠왕들도 위험을 감수할 수밖에 없었다.

그리고 가장 먼저 그 위험 속으로 뛰어든 사람은 어쩌면 당연하게도 구룡이었다.

"죽어라, 이 괴물아!"

구룡이 격렬한 노성을 터뜨리며 무리하게 불의 검을 들어 올려 사칸을 향해 후려쳤다.

그러자 불의 검에서 일어난 뜨거운 열기가 사칸이 만들어내는 기운과 뒤엉키며 화산처럼 폭발했다.

무리한 공격의 결과는 곧바로 나타났다.

"애송이!"

사칸의 입에서 경멸의 음성이 흘러나오는 순간 사칸의 검붉은 기운이 그대로 불의 검의 기운을 휘감았다.

"큭!"

구룡의 신음이 들려왔다. 동시에 그의 몸이 불에 그을린 듯 검게 변한 모습으로 뒤쪽으로 쭉 밀려나왔다.

"우리도 있다, 사악한 자여!"

헤루안의 공령이 하늘로 솟구치며 정령의 검을 내리꽂았다. 뒤를 이어 다른 칠왕들 역시 자신들이 가지고 있는 힘 이상의 힘을 발휘해 사칸을 향해 강력한 검기를 뻗어냈다.

"모두… 죽여주마!"

사칸이 위험을 감수한 칠왕의 공격에 분노로서 대응했다. 그의 몸이 폭발할 듯 커지더니 자신을 공격하는 칠왕들을 향해 좀 더 강렬한 극염의 기운을 쏟아부었다.

"윽!"

"크윽!"

사삼우가 가슴을 부여잡고 뒤로 날려갔다. 바람의 왕 장유황의 한 팔이 흉측하게 뒤로 꺾여 덜렁거렸다.

석두인과 하막, 그리고 공령 역시 입에서 피를 뿌리며 주르르 뒤로 물러났다.

순식간에 칠왕의 검진이 와해됐다. 전율적인 사칸의 힘이 목숨을 도외시한 칠왕의 공격조차 밀어낸 것이다.

그러나 그 순간 그로서도 허점을 드러낼 수밖에 없었다. 한 번의 대폭발을 일으킨 사칸의 기운은 자연스럽게 짧은 순간 급격하게 줄어들었다.

그러자 그때까지 사칸의 근처에서 그의 반격을 버티고 있던 적풍에게 드디어 기회가 왔다.

실체가 거의 보이지 않던 사칸의 몸이 드디어 명확하게 드러났다.

"끝내주마."

적풍이 나직하게 중얼거리며 사칸을 향해 뛰어들었다.

콰아아!

적풍과 사자검은 하나로 변해 있었다. 명계의 무림에서 신검합일의 경지라 일컬어지는 검술의 최고봉이 바로 이것일 터였다.

사람과 검이 하나가 되어 길고 투명한 묵빛 검기를 형성했다. 그리고 그 검기가 그대로 사칸을 관통하듯 지나갔다.

"크아악!"

사칸의 입에서 그동안 듣지 못한 처절한 비명 소리가 흘러나왔다. 그 처절함에 칠왕조차도 귀를 막고 싶을 정도였다.

그럼에도 칠왕은 사칸에게서 시선을 떼지 않았다. 그런 그들의 눈에 오른쪽 가슴 위, 어깨 부근에서 사칸의 팔 하나가 떨어져 나가는 것이 보였다.

그리고 적풍은 어느새 사칸의 뒤쪽으로 나간 후 재빨리 몸을 돌려 재차 사칸을 향해 마지막 일검을 뻗어내고 있었다.

"이놈! 죽여주마!"

한 팔을 잃은 사칸의 입에서 악마의 저주 같은 외침이 일어났다. 그러자 잠시 움츠러들었던 그의 기운이 다시금 태산처럼 일어나 다가오는 적풍을 향해 밀려갔다.

"아!"

"이건… 안 돼!"

한순간 칠왕의 입에서 탄식이 흘러나왔다. 사칸의 한 팔이 잘려나갔을 때의 기쁨은 흔적도 없이 사라졌다.

사칸은 마치 함께 죽으려는 듯 적풍을 향해 자신의 모든 기운을 쏟아붓고 있었다.

*　　　*　　　*

"젠장!"

적풍의 입에서 욕설이 흘러나왔다.

평소답지 않게 흥분한 모습이다.

그의 눈에 울부짖는 사칸의 목젖이 명확하게 들어왔다. 이대로 사자검을 밀고 나가면 분명 사칸을 죽일 수 있을 것이다. 그러나 또 하나 분명한 것은 그 순간 적풍 자신도 죽는다는 사실이다.

사칸의 저 지옥 같은 기운 속에 몸을 던지고 살아날 능력은 적풍에게도 없었다.

더군다나 적풍은 자신의 한 몸 던져 세상을 구하겠다는 거창한 의기를 지닌 사람도 아니었다. 그에게 평생의 업(業)은 신혈족의 자유와 십자성의 안위뿐이었다.

그런 그에게 자신의 목숨을 버려 세상을 구하는 영웅의 길이란 사치스러운 감정이었다.

그러나 그럼에도 불구하고 적풍은 검을 거둘 수 없었다.

이미 사슬처럼 얽혀 있는 그와 사칸의 기운으로 인해 이젠 검을 거두려 해도 거둘 수 없는 상황이었던 것이다.

"젠장, 강제로 살신성인하는 것이냐?"

적풍이 투덜거렸다. 그 와중에도 그의 몸은 사자검을 앞세우고 사칸을 향해 다가가고 있었다.

"어서 오너라, 애송이!"

사칸의 사악한 음성이 들려왔다. 사칸은 적풍의 공격에서 능히 살아날 수 있다는 자신감에 차 있는 듯 보였다.

그러자 적풍의 마음속에 한 줄기 불안감이 감돌았다. 자신이 죽는 것으로도 사칸을 죽일 수 없을지도 모른다는 불안감, 그렇다면 이건 무모한 공격이다.

"제길!"

적풍의 입에서 다시 욕설이 흘러나왔다.

하지만 이제 와선 도저히 검을 거둘 수 없었다. 그렇다면 결과는 하늘에 맡기고 최선을 다할 수밖에 없었다.

"좋아! 해보자, 노괴!"

적풍의 입에서 강렬한 외침이 흘러나오고 그의 몸이 좀 더 빠르게 사칸을 향해 다가갔다.

"불나방 같은 놈! 크흐흐!"

사칸이 사악한 웃음을 흘리며 다가오는 적풍을 향해 하나 남은 손을 뻗어냈다.

쿠오오!

사칸의 목 바로 앞까지 사자검을 전진시킨 적풍은 자신을 향해 죽음이 덮쳐오는 것을 느꼈다. 사칸의 손짓으로 만들어진 이 거대한 죽음의 기운은 예상대로 도저히 피할 수 없는 것이었다.

"루!"

적풍이 마지막 순간 온 힘을 다해 사자검을 던져내며 설루의 이름을 읊조렸다.

그리고 적풍의 사자검이 여지없이 사칸의 목에 꽂혔다. 또한 사칸이 일으킨 죽음의 기운이 여지없이 적풍을 휘감았다.

그런데 바로 그 순간이었다.

갑자기 허공에 하나의 작은 점이 나타났다. 그 점은 너무 작아 투명한 진주만 했지만 눈부신 광채를 발해 모든 사람의 시야에 들어왔다.

그리고 그 점이 나타났다고 느낀 바로 순간 그 광채로부터 뻗어 나온 한 대의 화살이 이미 사칸의 이마를 꿰뚫고 있었다.

"크아악!"

사칸의 입에서 사람의 심장을 후벼 파는 비명이 터져 나왔다. 그 비명과 함께 그의 몸이 맥없이 뒤쪽으로 날려갔다.

픽!

둔탁한 소리가 터져 나왔다. 그리고 사람들 눈에 이마에 작은 화살을 맞은 사칸이 사자검에 꿰뚫린 채 빙벽에 박혀 있는 것이 보였다.

그리고 그의 몸에선 더 이상 어둠의 마룩이나 마룡 우루노의 기운을 찾아볼 수 없었다. 아니, 한 줌의 생기도 느껴지지 않았다.

적풍이 재빨리 시선을 돌려 허공에서 나타난 빛나는 점을 찾았다. 그러자 아지랑이처럼 움직이는 투명한 공기의 너울 속에 한 사람의 모습이 보였다.

"소월 아우?"

짧은 순간 적풍의 눈에 명계 월문 법황 허소월의 모습이 보였다.

찰나의 순간 공기의 너울이 흐릿해지더니 그 속의 사내가 가벼운 미소와 함께 손을 흔들었다. 뭐라고 말을 하는 듯도 했으나 적풍의 귀에는 들리지 않았다.

대신 그의 입 모양으로 적풍은 그가 한 말을 짐작했다.

―이젠 돌아오세요, 형님!

그리고 적풍이 다시 입을 열려는 순간, 거짓말처럼 공기의 너울이 사라졌다. 허소월의 모습도 함께.

적풍은 한순간 가슴에 구멍이 뚫린 듯한 허망함을 느꼈다. 그리고 자신에게 무슨 일이 일어났는지 짐작할 수 있었다.

"아우가 어려운 결심을 했군. 파마시를 날리기 위해선 밀교의 문을 열어야 했을 텐데. 잠시라도 말이야."

적풍이 무거운 표정으로 중얼거렸다.

그러고는 고개를 돌려 다시 한 번 사칸의 생사를 확인했다. 그는 여전히 빙벽에 박혀 죽어 있었다. 이제는 그 어떤 기연을 만나도 다시는 살아날 수 없는 모습으로.

"성주님!"

등 뒤에서 구룡이 자신을 부르는 소리에 적풍이 고개를 돌렸다. 그러자 검게 그을린 듯한 모습의 구룡이 환하게 웃으며 그를 향해 달려오는 것이 보였다.

그제야 적풍은 실감했다.

드디어 이 싸움이 끝났다는 것을.

"후우, 정말 끝났군. 소월 아우 덕분에 살아서 루와 사몽을 볼 수 있겠어."

적풍이 길게 한숨을 내쉬며 중얼거렸다.

종장

　그 후 누군가는 죽고 누군가는 태어났을 시간이 흐른 뒤…….

　검은 숲, 카말은 평소처럼 태양의 사막 쿰을 앞에서 멈췄다. 그 경계를 따라 이어진 녹지(綠地)의 선이 북과 남쪽으로 길게 이어져 있다. 끝없이 이어지 경계선의 한 지점에 한 떼의 사람들이 제법 큰 무리를 형성한 채 모여 있었다.

　거대한 천막이 다섯 채, 그리고 작은 천막은 십여 개가 넘었다. 숙영지에서 남쪽에는 사막을 건널 수 있는 이십여 필의 낙타와 수십 필의 말이 한가롭게 풀을 뜯고 있었다.

　칠왕의 땅에서 멀리 떨어진 오지의 변방 쿰과 카말의 경계가 아니라면 무척 평화로운 정경이다. 그 정경 속에 흰 천으로 햇빛을 가린 채 풀밭 위에 앉아 있는 한 쌍의 남녀가 있다.

　마치 하늘에서 잠시 이 세상을 즐기러 내려온 선남선녀와 같은 모습의 두 사람은 보는 것만으로도 사람의 가슴을 설레게 만드는 신비함이 있었다.

"이렇게 보면 쿰도 아름다워요."

여인이 입을 열었다.

"하늘 아래 아름답지 않은 곳이 있겠소? 언제나 사람이 문제지."

사내가 대답했다.

"사람… 그렇군요. 그 아름다운 세 어머니의 호수가 피로 물들었다고 하니."

여인이 가볍게 눈살을 찌푸렸다.

"참으로 알 수 없는 노릇이오. 사칸과의 큰 싸움이 끝난 지 겨우 십 년이 지났을 뿐인데 다시 내분이라니."

사내가 혀를 찼다.

"이번 싸움은 오손의 왕과 천인총의 제왕으로 인해 벌어진 것이 아니라 그 아들들이 일으킨 것이라고 하더군요. 세 어머니의 호수 남단의 소유권을 다투는 일이라고 해요."

"토호족이 힘들겠군."

사내의 얼굴에 그늘이 졌다.

"토호족에게는 피해가 없었다고 해요. 역시 십자성을 두려워하는 것이겠지요. 다른 왕국들도."

여인이 가볍게 미소를 지으며 말했다.

"모두 당신 덕분이오. 타림의 힘이 십자성과 하나가 되는 순간 이 땅의 그 누구도 우리 십자성을 무시하지 못하게 되었으니 말이오. 생각해 보면 애초에 당신이 그런 제안을 아버님께 한 것은 정말 선견지명을 가진 것이었소."

"하지만 그때는 내가 당신과 부부가 될 것이라고는 전혀 생각지 못했어요."

여인이 고개를 돌려 사내를 바라봤다. 그녀의 얼굴에서 사막에 반사되는 햇빛보다 더 눈부신 빛이 흘러나왔다.

그런 여인을 미소로 바라보며 사내가 말했다.

"우리 두 사람의 인연은 결국 이 숙부께서 만든 것이지."

사내는 여인보다 아름답지는 않았지만, 사내의 웃음은 세상의 모든 아름다움을 초라하게 만드는 청정함을 가지고 있었다.

이 초탈해 보이는 사내는 이제 장성한 사내가 된 십자성의 새로운 성주 적사몽이었다. 여인은 타림의 성주 아름다운 송령이다. 세월은 두 사람을 세상에서 가장 신비로운 부부로 만들어주었다. 부부가 된 두 사람은 간혹 이렇게 먼 변방까지 상행을 다니는데 사실은 상행이라기보다는 여행에 가까운 것이었다.

"보고 싶지 않으세요, 그분들?"

송령이 물었다.

"보고 싶소. 사실은 견디기 힘들 정도요."

적사몽이 대답하자 송령이 다시 물었다.

"후회하세요? 이곳에 남은 걸?"

그러자 적사몽이 고개를 저었다.

"후회하지 않소. 하지만 그리운 것은 그리운 것이지. 어머니께서 떠나기 전에 이런 말씀을 하셨소. 사람이 모든 것을 다 가질 수는 없다고. 얻는 것과 잃는 것 그 두 가지가 거의 같은 무게로 주어지는 것이 인생이라고 말이오. 단지 사람의 마음이 한쪽으로 치우칠 뿐이라고 말이오."

"아무튼 절 원망하는 것은 아니지요?"

송령이 조심스럽게 물었다.

"절대. 당신을 만난 것은 내 인생 최고의 행운이니까."

"두 분이 그 말을 들으면 서운해하실 거예요."

송령이 눈을 흘기며 말했다. 그러자 적사몽이 풀밭에 등을 대고 누우며 말했다.

"아니오. 그분들은 절대 서운해하지 않으실 거요. 내가 행복해하는 모습을 보시면 오히려 기뻐하실 거요. 그리고 당신에게도 무척 고마워하실 거요."

적사몽의 말에 송령이 부드럽게 적사몽의 머리를 쓰다듬으며 물었다.

"시작은 이곳이었다지요?"

"음."

"정말 다행이에요. 이 죽음의 사막에서 당신이 그분들을 만나지 않았다면 우리의 인연도 없었을 테니까요."

송령이 말했다.

"맞소. 그래서 이 사막이 내게는 죽음의 땅이 아니라 고향처럼 느껴지는 것 같소."

적사몽이 대답했다.

"세 어머니의 호수 쪽으로는 가지 말아야겠어요. 전쟁이 언제 끝날지 모르니까."

"그럽시다. 석림의 땅을 지나갑시다."

"십자성에 도착하면 아바르에 좀 다녀와요. 이대 무황께서 여러 번 전서구를 보내왔다고 하더군요. 한번 다녀가라고요."

"그럽시다. 구룡 형님을 본 지도 오래되었구려."

적사몽이 고개를 끄떡였다. 그러면서 그의 시선이 허공을 바라봤다. 눈부신 태양 속에서 빛의 너울거림이 느껴졌다.

'가끔은 날 보고 계실까?'

적사몽은 눈을 감았다. 그러자 그의 머릿속에 적풍과 설루의 모습이 꿈결처럼 떠올랐다.

월하선봉 위, 여름 호수 한쪽에 지어진 낡은 오두막을 등지고 작은 나룻배가 떠 있다.

배 위에는 세 사람이 서로를 마주 보고 앉아 있었다. 그중 한 사람은 신선이라고 불러도 될 만큼 초탈한 모습이고, 그와 마주 앉은 두 사람은 한 나라의 왕과 왕후로 보일 만큼 중후한 인상을 지니고 있었다. 그러나 옷차림은 그들의 풍모와 어울리지 않았다. 세 사람 모두 투박한 행색의 옷을 입고 있어서 이들의 생활이 생각처럼 화려하지 않다는 것을 말해주고 있었다.

이들 세 사람은 나룻배 옆으로 고개를 내밀고 맑은 호수 아래를 바라보고 있었다.

그런데 놀랍게도 그들의 바라보는 수면 아래쪽으로 마치 물속에 다른 세상이 존재하듯 기이한 풍경이 비추고 있었다.

눈부신 사막과 검은 숲, 그리고 그 경계를 따라 이뤄진 초지가 보였고, 그 한 지점에 일단의 사람들이 모여 있는 풍경이 비치고 있었다.

"좋아 보이는군."

문득 보는 것만으로도 태산 같은 위압감을 지닌 사내가 말했다.

"다행이에요. 잘살고 있는 것 같아서."

여인이 대답했다.

"잘사는 정도가 아니라 행복해 보이는군요."

초탈한 신선 모습의 사내가 말했다.

"어때, 정말 아우와 비슷하지?"

굴강한 사내가 초탈한 사내에게 물었다.

"그렇군요. 그래서 조금 아쉽군요."

"뭐가 말인가?"

"혼인을 하지 않았다면, 아니, 혼인을 하였더라도 형님을 따라 명계로 왔으면 법황의 재목으로 키울 수 있을 것 같은데요."

"난 사몽을 월문의 법사로 만들 생각이 없네."

굴강한 사내가 말했다.

"월문 법사가 어때서요?"

"따분하잖아?"

"하하하, 지루하다고요? 이 세상의 안위를 책임지는 일이 따분하단 말입니까?"

초탈한 모습의 사내가 가벼운 웃음을 터뜨렸다.

"그게 뭐든, 어떤 이유에서건 무엇인가에 얽매여 산다는 건 즐거운 일이 아니지."

굴강한 사내가 대답했다.

"아하, 그래서 형님께선 명계의 십자성은 우마 형님에게, 현계의 십자성은 사몽에게 맡기신 거군요? 십자성에 매이는 것이 싫으셔서."

"뭐, 아니라고는 할 수 없군."

굴강한 사내가 희미하게 미소를 지어 보였다.

"하긴 형님의 말씀이 맞는 것도 같아요. 저도 가끔 이 월하선봉을 떠나고 싶으니까요. 이곳이 아름답기는 하지만 그래도 답답한 것은 어쩔 수 없더군요. 가끔 외출을 하는 정도로는."

"현계라도 한번 다녀와 보던가?"

굴강한 사내가 말했다.

"같이 가시게요?"

"그럴까?"

사내가 여인을 돌아봤다. 그러자 여인이 대답했다.

"나쁘지 않지요. 현계를 떠난 지 벌써 오 년이나 지났는데. 이런 식으로 말고 사몽을 직접 보고 싶기도 하고요. 또 아버님의 묘소도 들러봐야 하지 않겠어요?"

여인의 얼굴에 그리움의 묻어났다.

사내와 여인은 오 년 전 무황 적황의 죽음 이후 교벽이 열릴 때 명계로 돌아온 적풍과 설루였다. 그리고 그들과 마주 앉은 사람은 당대 월문의 법황 허소월이었다. 적풍과 설루는 현계에 남은 사람들이 그리울 때면 이렇게 월하선봉을 찾아 월문의 비술을 이용해 현계 사람들의 모습을 살펴보곤 했다. 물론 아주 짧은 순간만 가능한 일이었지만.

슥!

허소월이 가볍게 손을 저었다. 그러자 호수에 드리워져 있던 적사몽과 아름다운 송령 일행의 모습이 순식간에 사라졌다. 그 자리를 바닥까지 비추는 맑은 물이 차지했다.

"후우, 끝이군요."

설루가 아쉬운 표정으로 말했다.

"이것이나마 아우가 큰 결심을 해서 가능한 일이지."

적풍이 설루를 위로하듯 말했다.

그러자 허소월이 말했다.

"그나마 현월문이 진심으로 과거의 잘못을 사죄하고 법황의 권위를 인정하였기에 가능한 일이지요."

"양 월문을 위해 다행스러운 일이지."

적풍이 대꾸했다.

"모두 형님 덕분이에요."

"내가 뭘?"

"그분을 데려오셨잖아요?"

허소월이 시선을 돌려 호수변 오두막을 바라봤다. 마침 오두막 문이 열리면서 선풍도골의 노인과 역시 백발이지만 그래도 노인보다는 훨씬 나이가 어려 보이는 여인이 모습을 드러냈다.

전대 월문의 법황 의천노공 우서한과 현월문의 대법사이던 소시모였다.

소시모는 적풍이 명계로 돌아올 때 동행했다. 그리고 혈육의 존재를 알게 된 의천노공 우서한은 현월문과 소시모의 어머니 소서아가 자신에 저지른 죄를 진심으로 용서하게 되었다.

"내가 아니더라도 결국 왔을걸."

"웬걸요. 형님이 아니라면 두 분 모두 용기를 내지 못했을 겁니다. 워낙……."

허소월이 말꼬리를 흐렸다.

그러자 설루가 그 뒷말을 이었다.

"워낙 고집이 센 분들이지요."

"하하, 형수님 말씀이 맞습니다. 월문 법사들은 언제나 그놈의 자존심 때문에 세상을 힘들게 살지요."

"아무튼 그녀가 이곳에 남은 것도 모두에게 좋은 결정이었어. 솔직히 난 돌아갈 줄 알았는데."

소시모가 의천노공의 노후를 보살피기 위해 월하선봉에 남은 일을 두고 하는 말이다.

"지난번에 들어보니 내심 그 땅을 떠나고 싶었다고 하시더라고요. 끊임없는 전쟁과 싸움이 이어지는 땅에서 말이죠."

"하긴 그래요. 오손과 천인총 사이에 또 싸움이 났다니 정말 못 말리는 사람들이에요."

설루가 눈살을 찌푸리면서 말했다.

"그래서 인간이지."

적풍이 대답했다.

그러자 허소월이 은근한 눈길로 적풍을 보며 물었다.

"혹시 그리우세요?"

"뭐가?"

"장쾌한 전장의 질주가요."

"아니."

적풍이 얼른 고개를 저었다. 그러자 설루가 화난 얼굴로 적풍을 보며 말했다.

"이제 보니 당신, 그래서 현계로 여행을 가자고 법황님을 충동하고 있었군요?"

"무슨 소리. 난 그곳의 십자성 식구들이 보고 싶었을 뿐이야."

적풍이 얼른 고개를 저으며 대답했다.

그러자 설루가 단호한 어조로 허소월에게 말했다.

"법황께선 명심하세요. 당분간 제 허락이 있을 때까지는 절대 이 사람을 위해 교벽이 열리는 곳을 말해주지 마세요. 자칫하다가는 혼자서라도 갈 사람이에요."

"알겠습니다. 제가 어찌 형수님 말씀을 거역하겠습니다."

허소월이 얼른 대답했다. 그러자 적풍이 허탈한 표정으로 말했다.

"결국 돌고 돌아 세상은 당신 차지가 되었군. 양계 십자성의 성주는 물론 아바르의 제왕과 헤루안의 제왕도, 거기에 월문의 법황까지 당신 말 한마디에 꼼짝을 하지 못하니 말이야."

"알았으면 딴생각 말아요."

설루가 짐짓 도도한 표정으로 말했다.

그 모습에 허소월이 웃음을 터뜨리기 시작했다.

그러자 적풍과 설루도 나직한 웃음을 터뜨렸다. 그 웃음이 물결을 타고 월하선봉 곳곳으로 퍼져 나갔다.

『십자성—칠왕의 땅』 완결

FUSION FANTASTIC STORY

자미소 장편소설

GRAND SLAM
그랜드슬램

2016년의 대미를 장식할 최고의 스포츠 소설!!

Career record : 984W 26L
Career titles : 95
Highest ranking : No.1(387weeks)
Grand Slam Singles results : 23W
Paralympic medal record : Singles Gold(2012, 2016)

약 십 년여를 세계 최고로 군림한 천재 테니스 선수.
경기 내내 그의 몸을 지탱하고 있는 것은…… 휠체어였다.

『그랜드슬램』

휠체어 테니스계의 신, 이영석(32).
그는 정상의 자리에서도 끝없는 갈망에 사로잡혀 있었다.

"걷고 싶다, 뛰고 싶다. …날고 싶다!!"

뛸 수 없던 천재 테니스 선수
그에게, 날개가 달렸다!!!

Book Publishing CHUNGEORAM

유행이 아닌 자유추구 -
WWW.chungeoram.com

GAME BALL

게임볼

설경구 장편소설

FUSION FANTASTIC STORY

무명의 야구인이었던 남자,
우진이 펼치는 야구 감독으로서의 화려한 일대기!

『게임볼』

"이 멤버로 우승을 시키라고?"

가상 야구 게임,
게임볼을 통해 인생 역전을 꿈꾸는

한 남자의 뜨거운 행보에 주목하라!

Book Publishing CHUNGEORAM

유행이 아닌 자유추구 -
WWW.chungeoram.com